너무
시끄러운
고독

PŘÍLIŠ HLUČNÁ SAMOTA
by Bohumil Hrabal

Copyright ⓒ 1980 by Bohumil Hrabal Estate, Zürich, Switzerland
All right reserved.
Korean translation copyright ⓒ Munhakdongne Publishing Corp., 2016

This Korean edition was published by arrangement with Literary Agency Antoinette
Matejka through Sigma Literary Agency.

이 책의 한국어판 저작권은 시그마 에이전시를 통해
Literary Agency Antoinette Matejka와 독점 계약한 (주)문학동네에 있습니다.
저작권법에 의해 한국 내에서 보호를 받는 저작물이므로
무단 전재 및 무단 복제를 금합니다.

너무 시끄러운 고독

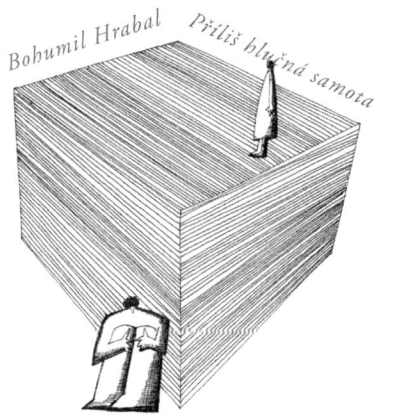

보후밀 흐라발 장편소설
이창실 옮김

문학동네

일러두기

1. 주석은 모두 옮긴이주이다.
2. 본문 중 고딕체는 원서에서 이탤릭체나 대문자로 강조한 부분이다.

차례

1장	9
2장	21
3장	35
4장	49
5장	69
6장	87
7장	105
8장	119
옮긴이의 말	133

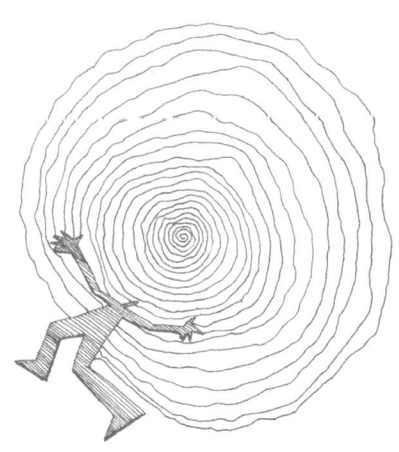

태양만이 흑점을 지닐 권리가 있다

괴테

1장

    삼십오 년째 나는 폐지 더미 속에서 일하고 있다. 이 일이야말로 나의 온전한 러브 스토리다. 삼십오 년째 책과 폐지를 압축하느라 삼십오 년간 활자에 찌든 나는, 그동안 내 손으로 족히 3톤은 압축했을 백과사전들과 흡사한 모습이 되어버렸다. 나는 맑은 샘물과 고인 물이 가득한 항아리여서 조금만 몸을 기울여도 근사한 생각의 물줄기가 흘러나온다. 뜻하지 않게 교양을 쌓게 된 나는 이제 어느 것이 내 생각이고 어느 것이 책에서 읽은 건지도 명확히 구분할 수 없게 되었다. 지난 삼십오 년간 나는 그렇게 주변 세계에 적응해왔다. 사실 내 독서는 딱히 읽는 행위라고 말할 수 없다. 나는 근사한 문장을 통째로 쪼아 사탕처럼 빨아먹고, 작은 잔에 든 리큐어처럼 홀짝대며 음미한다. 사상이 내 안에 알코올처럼 녹아들 때까지. 문장은 천천히 스며들어 나의 뇌와 심장을 적실 뿐 아니라 혈관 깊숙이 모세혈관까지 비집고 들어온다. 그런 식으로 나는 단 한 달 만에 2톤의 책을 압축한다. 하지만 이 일을, 신께서 축복하신 이 작업을 완수할 힘을 얻기 위해 엄청나게 많은 맥주를 마셨다. 지난 삼십오 년 동안 내가 마신 맥주의 양이면 올림픽 경기장의 풀이나 잉어 양식장*도 가득 채울 수 있을 것이다. 그렇게 나는 뜻하지 않게 현자가 되었고, 이제는 내 뇌가 압축기가 만들어놓은 수많은 사고로 형성돼 있다는 걸 깨닫는다. 머리털이 모두 빠져버린 내 머리는 알리바바의 동굴이다. 모든 사고가 오로지 인간의 기억 속에만 각인되어 있던 시절은 지금보다 훨씬 근사했을 것이다. 그 시절엔 책을 압축하는 대신 인간의 머리를 짜내야 했겠지. 하지만 그래 봐야 부질없는 건, 진정한 생각들은 바깥에서 오기 때문이다. 그것들은 국수 그릇처럼 여기, 우리 곁에 놓여 있다. 세상의 종교재판관들이 책을 태우는 것도 헛일이다. 가치 있는 무언가가 담긴 책이라면 분

---

* 잉어 요리는 체코의 성탄절 전통 요리이며, 체코는 오래전부터 연못을 만들어 잉어를 양식해왔다.

문학동네 편지함

문학동네 편집자가 지금 함께 읽고 싶은 책을 전해드립니다.

당신은 '나의 이야기'라는 주제로 글을 써야 합니다. 지금 머릿속에 무엇이 떠오르나요? 내 삶에서 가장 비중이 큰 무언가일 수도 있고, 오히려 최근에 관심을 갖게 된 무언가일 수도 있겠네요. 아니면 나만의 소설을 써볼 수도 있을 것 같습니다.

제가 소개하고 싶은 소설 속 인물 '제임스'는 태어나서 어머니의 품에 안겨보기도 전에 노예로 팔려간 사람입니다. 노예에게는 자기 생각과 감정을 표현하는 건 물론이고 글을 읽고 쓰는 일조차 허락되지 않죠. 그런데 사실 제임스는 읽고 쓸 줄 압니다. 서재에 몰래 들어가 여러 철학자의 사상을 탐독하기도 하고요. 그러던 어느 날, 제임스는 자신이 가족과 떨어져 다른 곳으로 팔려갈 거라는 사실을 알고 도망을 결심합니다.

목숨을 건 여정을 시작한 도망자 제임스가 바란 건 오직 '자유'였습니다. 자기 생각과 감정을 표현할 자유. 그러다 도망중에 얻게 된 연필과 노트가 그의 열망을 더욱 부추기죠. 그렇게 그의 글은 시작됩니다. "나는 나를 둘러싼 세계를 인식하고 있는 사람이고, 가족에게서 강제로 찢겨나간 사람이며, 자신의 이야기를 스스로 써내려갈 사람임을 말하고 싶다."

과연 제임스는 어떤 이야기를 들려줄까요? 인류가 유구하게 갈망해온 자유라는 가치, 인간의 생각과 감정이 지닌 힘에 대해 사유해보며 제임스의 이야기를 읽어주시면 좋겠습니다.

_고선향 (해외문학 편집자)

서의 화염 속에서도 조용한 웃음소리가 들려온다. 진정한 책이라면 어김없이 자신을 넘어서는 다른 무언가를 가리킬 것이다. 언젠가 작은 계산기를 산 일이 있다. 사칙연산이 가능한, 손지갑만 한 기계였다. 나는 용기를 내어 드라이버로 계산기 뒤판을 열어보고는 기쁨의 전율을 느꼈다. 놀랍게도 거기에는 책 열 쪽 두께의 우표만한 소형 금속판 하나, 그리고 수학의 변분을 담은 공기 외에는 아무것도 없었다. 진정한 책에 내 눈길이 멎어 거기 인쇄된 단어들을 지우고 나면, 남는 것은 대기 속에서 파닥이다 대기 중에 내려앉는 비물질적인 사고들뿐이다. 대기에서 자양분을 얻고 다시 대기로 돌아가는 사고들. 면병 속에 있으면서도 없는 성혈처럼 만사는 결국 공기에 불과하니까. 삼십오 년째 나는 책과 폐지를 꾸려왔고, 십오 대에 걸쳐 사람들이 글을 읽고 써온 나라에서 살고 있다. 형언할 수 없는 기쁨과 그보다 더 큰 슬픔이 담긴 생각과 이미지를 머릿속에 차근차근 쌓아가는 습관과 광기가 항시 존재해온 유서 깊은 왕국에 나는 거주한다. 단단히 동여맨 한 보따리의 개념에 기꺼이 목숨을 바칠 각오가 되어 있는 사람들 사이에서 나는 살고 있다. 이제 그 모두가 내 안에서 되풀이된다. 삼십오 년째 나는 내 압축기의 붉은색 버튼과 녹색 버튼을 누르고 있지만, 삼십오 년째 수리터들이 맥주를 마셔온 것도 사실이다. 마시려고 마시는 게 아니라(난 술꾼이라면 질색이니까) 사고의 흐름을 돕고 텍스트의 심부까지 더 잘 파고들기 위해서였다. 나에게 독서는 기분 전환이나 소일거리가 아님은 물론, 쉽게 잠들기 위한 방편은 더더욱 아니다. 십오 대에 걸쳐 사람들이 글을 읽고 써온 나라에 사는 내가 술을 마시는 건, 독서로 인해 영원히 내 잠을 방해받고 독서로 인해 섬망증에 걸리기 위해서다. 고상한 정신의 소유자가 반드시 신사이거나 살인자일 필요는 없다는 헤겔의 생각에 나 역시 동의하기 때문이다. 나라면, 내가 글을 쓸 줄 안다면, 사람들의 지극한 불행과 지극한 행복에 대한 책을 쓰겠다. 하늘은 인간적이지 않다는 것을 나는 책을 통해, 책에서 배워 안다. 사고하는 인간 역시 인간적이지 않기는 마찬가지라는 것도. 그러고 싶어서가 아니라, 사고라는 행위 자체가 상식과 충돌하기 때문이다. 내 손 밑에서, 내 압축기 안에서 희귀한 책들이 죽어가지만 그 흐름을 막을 길이 없다. 나는 상냥한 도살자에 불과하다. 책은 내게 파괴의 기쁨과 맛을 가르쳐주었다. 세차게 퍼붓는 비와 건물 폭파 기사들을 나는 사랑한다. 거대한 타이어에 바람을 넣듯 폭파 기사들이 집과 거리를 송두리째 날려보내는 광경을 나는 몇 시간이고 서서 지켜본다. 벽돌과 돌과 지주가 몽땅 들리는 그 첫 순간만으로는 성에 차지 않는다…… 뒤이어 집들이 고요히 내려앉는다. 옷이 흘러내리듯, 기관이 폭발한 대형 여객선이 홀연히 바닷속으로 가라앉듯. 나는 그 자리에 남아, 먼지구름 속에서 우지끈대는 음악에 싸여 생각한다. 내가 일하는 깊디깊은 지하실과, 희미한 전구 불빛 아래 삼십오 년을 만져온 압축기를. 내 머리 위 마당에서 사람들이 오가는 발소리가 들린다. 천장에 난 통로로, 마치 하늘에서 풍요의 뿔*들이 쏟아져내리는 듯한 모습이 보인다. 뚜껑문으로 포대나 나무상자 혹은 종이상자에서 폐지가 무더기로 쏟아진다. 시든 꽃이나 포장지 다발, 또는 유효기간이 지난 연극 티켓이나 팸플릿, 아이스바 껍질, 낙서로 뒤덮인 커다란 종잇장, 핏물 밴 정육점 종이, 예리한 필름 조각, 타자기 리본이 가득 든 바구니, 생일 꽃다발도 있다. 때론 누군가가 무게를 늘리려고 포석을 쑤셔넣은 신문지 뭉치가 지하실로 떨어져내리기도 한다. 못 쓰는 가위나 칼, 망치, 장도리, 정육점 칼도 있고, 커피 찌꺼기가 들러붙은 거무스레한 잔이나 시들 대로 시든 웨딩 부케, 멀쩡한 장례 화환이 끼어 있을 때도 있다. 나로 말하자면 삼십오 년째 이 모두를 내 압축기에 넣어 압축해왔다. 그것들은 한 주에 세 번씩 트럭에서 화물열차로 옮겨져 제지 공장으로 향한다. 그러면 그곳 인부들이 꾸러미를 묶은 철사를 잘라낸 뒤 내 작업물을 산과 알칼리 용액에 던져 넣는

---

* 그리스신화에서 제우스가 암염소에게서 자른 뿔. 이 뿔에서는 과일과 곡물이 원하는 만큼 나왔다고 한다.

다. 걸핏하면 내 손을 베는 면도날도 녹여버리는 강력한 용액이다. 그런데 밀려드는 폐지 더미 속에서 희귀한 책의 등짝이 빛을 뿜어낼 때도 있다. 공장 지대를 흐르는 혼탁한 강물 속에서 반짝이는 아름다운 물고기 같달까. 나는 부신 눈을 잠시 다른 곳으로 돌렸다가 그 책을 건져 앞치마로 닦는다. 그런 다음 책을 펼쳐 글의 향기를 들이마신 뒤 첫 문장에 시선을 박고 호메로스풍의 예언을 읽듯 문장을 읽는다. 그러고 나서야 그 책을 상자 안의 내 값진 발견물들 사이에 넣어둔다. 누군가가 기도서 몇 권과 함께 내 지하실에 실수로 내다버린 성화 카드들로 장식한 상자다. 뒤이어 나를 위한 미사인 독서 의식을 행하고, 내가 만든 꾸러미 안에 그렇게 읽은 책을 올려놓는다. 각각의 꾸러미를 아름답게 꾸며 하나하나에 나의 개성을 부여하고 내 서명을 남겨야 하기 때문이다. 꾸러미들이 저마다 뚜렷이 구분되게 하기 위해 골머리를 앓는다. 그러려면 매일 두 시간씩 초과근무를 하고 한 시간 먼저 출근해야 한다. 산더미처럼 쌓이는 폐지를 모두 처리하려면 때로는 토요일에도 일해야 한다. 지난달에는 사람들이 유명 화가들의 복제화 600킬로그램을 내가 일하는 지하실에 쏟아붓고 갔다. 렘브란트와 할스, 모네, 마네, 클림트, 세잔을 비롯한 유럽 화가들의 그림이었다. 이제 나는 각각의 꾸러미를 이 복제화들로 둘러싼다. 저녁이 되어 모든 꾸러미가 화물 승강기 옆에 나란히 놓일 때면 나는 그 눈부신 광경을 하염없이 바라본다. 여기엔 〈야간 순찰〉이 있고 저기엔 〈사스키아〉가 있다. 〈풀밭 위에서의 점심식사〉와 〈목맨 사람의 집〉이 있는가 하면 〈게르니카〉도 보인다. 꾸러미마다 한복판에 『파우스트』나 『돈 카를로스』 같은 책이 활짝 펼쳐진 채 들어 있다는 사실을 아는 사람은 세상에 나뿐이다. 고약한 냄새를 풍기는 피 묻은 종이상자에는 『히페리온』이 들었고, 낡은 시멘트 부대 한 무더기는 『차라투스트라는 이렇게 말했다』의 피신처로 쓰인다. 어느 꾸러미가 괴테나 실러, 횔덜린, 니체의 무덤으로 쓰이는지 아는 사람도 나뿐이다. 나 홀로 예술가요 관객임을 자처하다 결국 녹초가 되어버린다. 날마다 죽을 것만 같은 피로에 찢기고 마음에 상처를 입는다. 이 피로를 덜어내고 자아의 막대한 소진을 줄이기 위해 나는 쉴새없이 맥주를 마시고 후센스키 주점으로 향한다. 다음 꾸러미에 대해 꿈꾸고 명상할 시간은 충분하다. 그러기 위해, 미래를 좀더 분명히 보기 위해, 나는 몇 리터고 맥주를 들이켠다. 각각의 꾸러미마다 귀중한 유물을 숨겨두기 때문이다. 시든 꽃이나 알루미늄박 술 장식, 천사의 머리칼에 덮여 보이지 않는 활짝 열린 어린아이의 관. 이 지하실에서 나 자신의 현존만큼이나 놀라운 현존을 과시하는 이 책들에게 나는 작고 아늑한 보금자리를 만들어준다. 내가 일을 끝내지 못해 늘 허둥대는 이유가 그것이다. 종이 더미가 산처럼 쌓여 지하실 천장의 뚜껑문까지 막아버리는 지경에 이르는 것도 그 때문이다. 결국 곤경에 처한 소장이 이따금 갈퀴로 폐지 사이에 길을 내고는 화가 나 벌게진 얼굴을 뚜껑문 안으로 들이밀며 나를 부르는 것도 그 때문이다. "한탸, 거기 있나? 맙소사, 책에 한눈팔지 말고 좀 움직여봐! 마당이 종이로 뒤덮였는데 자넨 밑에서 바보 같은 짓거리에나 빠져 있긴가!" 그러면 종이 더미 발치에 있던 나는 손에 책을 든 채 수풀 속에 숨은 아담처럼 몸을 잔뜩 움츠리고 겁에 질린 시선으로 낯선 주변 세계를 둘러본다. 한번 책에 빠지면 완전히 다른 세계에, 책 속에 있기 때문이다…… 놀라운 일이지만 고백하지 않을 수 없는 것이, 그 순간 나는 내 꿈속의 더 아름다운 세계로 떠나 진실 한복판에 가닿게 된다. 날이면 날마다, 하루에도 열 번씩 나 자신으로부터 그렇게 멀리 떠날 수 있다는 사실이 신기할 따름이다. 그렇게 나는 스스로에게 소외된 이방인이 되어 묵묵히 집으로 돌아온다. 그날 찾아낸 수많은 책들, 내 가방 속에 든 책들 생각에 골몰해 길을 걷는다. 전차와 자동차와 보행자 들을 피해가면서, 녹색등이 켜지면 기계적으로 길을 건넌다. 행인이나 가로등과 부딪치는 일도 없이 걸어간다. 몸에서 맥주와 오물 냄새가 나도 내 얼굴에 미소가 떠오르는 건, 가방에 책들이 들었기 때문이다. 저녁이면 내가 아직 모르는 나 자신에 대해 일깨워줄 책들. 시끌벅적한 거리를 걸으면서도 빨간불에 길을 건

너는 법이 없다. 의식의 문턱에서 반쯤 졸며 무의식적으로 발길을 옮긴다. 그날 하루 압축한 꾸러미들의 모습이 내 안에서 서서히 스러져갈 때면 내 몸이 바스러진 책 꾸러미처럼 여겨진다. 내 안에서 한줄기 불꽃이, 온수기나 증기 응결기의 불꽃과도 흡사한 작은 불꽃이 타오르는 것 같다. 작업을 하면서 어쩌다 읽게 된 책들, 그 안에 든 사고의 기름으로 내가 날마다 영원한 야등을 밝히는 책들을 이제 집으로 가져간다. 그렇게 나는 집으로 돌아온다. 불타는 집, 화염에 싸인 외양간을 닮은 모습으로. 죽어가는 장작의 소산인 이 불에서 생명의 빛이 솟구친다. 가혹한 고통이 재에 섞여 남는다. 삼십오 년째 압축기로 폐지를 압축해왔지만 오 년 후면 나도 내 기계와 함께 은퇴한다. 하지만 이 기계를 포기하지는 않을 것이다. 그러려고 나는 저금을 하고 있고, 저금통장까지 가지고 있다. 우리는 함께 은퇴할 것이다…… 회사로부터 이 압축기를 사들여 집으로 가져와, 외삼촌의 집 정원 한구석 나무 밑 어딘가에 놓아두고 거기서 하루에 한 꾸러미씩만 꾸릴 것이다. 정말 근사한 꾸러미가 되겠지! 열 꾸러미만큼의 힘을 지닌 하나의 조각상, 한 점의 예술작품이 될 것이다. 그 안에 나는 젊은 시절에 품었던 내 모든 환상과 지식, 지난 삼십오 년간 배운 것들을 모조리 담아둘 것이다. 그때야말로 매 순간 영감을 받으며 일할 수 있을 테지. 집에 있는 3톤의 책들에서 골라 만든 꾸러미, 사전의 긴긴 명상을 거쳐 완성한 부끄럽지 않은 꾸러미일 것이다. 게다가 압축통에 책들과 폐지를 넣을 때, 나는 그 안에 반짝이 가루와 색종이 조각을 뿌릴 것이다. 최종적인 압착이 있기 전, 아름다움이 창조되는 순간이다. 하루에 하나씩 새로운 꾸러미를 만들어 일 년 뒤에는 정원에서 전시회를 열 테고, 그곳을 찾은 방문객들도 내 감독 아래 저마다 자신들의 꾸러미를 만들 수 있을 것이다. 그러고 나서 녹색 신호가 들어오면 압축기가 세차게 가동하며 어마어마한 힘으로 폐지를 짓이겨놓겠지. 책들과 꽃들이, 그리고 방문객들 틈에 묻어온 온갖 찌꺼기가 장식물처럼 더해질 것이다. 그 광경을 보면서 예민한 이들은 내 압축기 속에서 스스로가 압축되는 듯한 기분에 사로잡힐지도.

이제 나는 집으로 돌아와 어슴푸레한 여명 속에 고개를 푹 수그린 채 의자에 앉아 있다. 무릎을 스치는 축축한 내 입술이 느껴진다. 그런 식으로만 나는 잠들 수 있다. 그렇게 자정까지 몸을 웅크린 채 있기도 한다. 잠에서 깨어 머리를 들면 바지의 무릎 부위가 침에 축축이 젖어 있다. 단단히 사리고 똬리를 튼 내 몸은 겨울철의 새끼 고양이나 흔들의자 나무틀 같다. 한 번도 진짜로 버림받아본 기억이 없는지라 그렇게 나 자신을 방기하는 호사를 누릴 수 있다. 내가 혼자인 건 오로지 생각들로 조밀하게 채워진 고독 속에 살기 위해서다. 어찌 보면 나는 영원과 무한을 추구하는 돈키호테다. 영원과 무한도 나 같은 사람들은 당해낼 재간이 없을 테지.

2장

 삼십오 년째 나는 폐지를 압축하고 있다. 그간 내가 일하는 지하실 안으로 근사한 책들이 무수히 쏟아져내렸으니, 집에 헛간이 세 개라 해도 전부 가득찼을 것이다. 제2차세계대전이 막바지에 이른 어느 날, 사람들이 내 압축기에 한 바구니 가득한 책들을 쏟아놓았다. 첫 순간의 충격이 가신 뒤 나는 그 책들 중 하나를 펼쳐보았다. 프로이센 왕실 도서관의 인장이 찍혀 있었다. 다음날은 가죽 장정의 책 한 무더기가 지하실 천장에서 쏟아져내렸다. 책들의 금박 입힌 단면과 제목이 대기 가득 빛을 발했다…… 나는 한달음에 위로 올라갔다가 두 젊은이와 마주쳤고, 그들에게서 결국 진상을 알아냈다. 노베 스트라셰치 인근에 헛간 하나가 있는데 볏짚에 책이 얼마나 많이 묻혀 있던지 까무러칠 지경이었다고 했다. 나는 군 사서와 함께 스트라셰치로 향했다. 벌판에 모습을 드러낸 헛간은 하나가 아니라 셋이었는데 하나같이 프로이센 왕실 도서관의 책들로 넘쳐났다. 애초의 도취 상태에서 벗어나자 우리는 이 일을 두고 논했다. 그뒤 한 주 내내 군용차들이 줄을 지어 그 책들을 프라하의 외무성 부속 건물로 실어날랐다. 난세가 좀 진정되면 책들을 원래 있던 자리로 돌려보내기 위해서였다. 그런데 누군가 책들의 은신처를 누설하는 바람에 프로이센 왕실 도서가 전리품으로 규정되어 트럭에 도로 실리는 처지가 되었다. 그리하여 단면에 금박을 입힌 가죽 장정의 이 책들은 기차역으로 향했고, 그곳에서 한 주 내내 억수 같은 비를 맞으며 열차의 무개차량들에 실려 있었다. 마지막 트럭이 역에 도착했을 때 열차 차량들에서는 검댕과 인쇄용 잉크가 뒤섞인 금빛 물이 줄줄 흘러내렸다. 그 광경을 목격한 나는 가로등에 몸을 기댄 채 할말을 잃었다. 마지막 차량이 안개비 속으로 사라졌을 때 내 얼굴에서는 눈물과 빗물이 뒤섞여 흘러내렸다. 역에서 나오는데 순경이 보이기에 그에게 다가가 두 손을 교차시켜 내밀며 애원했다. 손에 수갑이든 포승이든 채워달라고. 나는 죄를, 인류를 거스른 죄를 범한 참이라고. 순경이 결국 나를 경찰서로 데려갔는데,

그곳에서 나는 조롱거리가 되는 것으로도 모자라 구덩이 속에 처넣겠다는 협박까지 받았다. 그러고 나서 수년이 지난 뒤 나는 부르주아 저택들이나 성들의 장서를 통째로 떠맡는 데 익숙해져 버렸다.* 고급스러운 모로코 가죽 장정의 아름다운 책들이었다. 그것들을 나는 화물열차에 가득가득 실었고, 서른번째 차량에 책이 채워지면 스위스나 오스트리아 행 기차가 움직이기 시작했다. 값을 매길 수 없을 만큼 귀중한 이 장서들은 그곳에서 킬로그램당 1코루나에 팔릴 것이었다! 그렇다고 그걸 보고 놀라거나 눈물을 흘리는 사람은 아무도 없었고, 나 역시 예외가 아니었다. 기차가 떠나가는 모습을 지켜보며 나는 미소를 지었다. 내 안에는 이미 불행을 냉정하게 응시하고 감정을 다스릴 수 있는 힘이 자리했다. 그렇게 나는 파괴 행위에 깃든 아름다움을 이해하기 시작했다. 나는 다른 열차의 차량들에도 화물을 실었고, 수많은 열차가 킬로그램당 1코루나에 팔릴 짐을 싣고 서방으로 떠나갔다! 나는 가로등에 기대서서 마지막 차량의 후미등에 시선을 고정한 채 그 광경을 응시했다. 레오나르도 다빈치가 자신의 기마상을 산산조각내려고 총을 겨눈 프랑스 군인들을 바라보았던 것처럼.

---

* 제2차세계대전 종전 후 체코는 공산당이 정권을 잡으면서 인민공화국 체제가 선포되었고, 1989년 시민혁명으로 민주화될 때까지 공산주의 정권이 지속되었다.

이 순간의 나처럼 다빈치 역시 거기 남아 그 끔찍한 광경을 주의 깊고 만족스러운 시선으로 지켜보았겠지. 하늘은 전혀 인간적이지 않고 사고하는 인간 역시 마찬가지라는 것을 그는 이미 알고 있었던 것이다.

그 무렵의 어느 날, 어머니가 돌아가실 것 같다는 소식을 듣게 되었다. 나는 자전거를 타고 집으로 달려갔다. 그런데 몹시 갈증이 나서 우선 지하실로 뛰어들어 응고된 우유가 든 차가운 단지를 양손으로 땅바닥에서 들어올렸다. 그러고는 우유를 정신없이 들이켜는데 난데없이 두 개의 눈이 보였다. 그래도 목이 너무 말라서 계속 마셨는데 두 눈이 다시 나타났다. 한밤중에 터널 속을 달려오는 기관차의 전조등 불빛 같달까. 여차하면 내 눈과 닿을 것처럼 가까운 거리였다. 그 순간 살아 있는 무언가가 입안으로 미끄러져 들어왔다. 나는 입안에서 마구 버둥대는 개구리 다리를 잡아당겨 정원에 내던진 뒤 침착하게 우유를 마저 마셨다. 레오나르도 다빈치처럼. 엄마가 죽었을 때 내 안의 모든 것이 울었지만 막상 내게는 흘릴 눈물이 남아 있지 않았다. 화장터를 나서자 한줄기 가느다란 연기가 하늘로 피어오르는 모습이 보였다. 엄마가 어여쁜 모습으로 하늘로 오르고 있었다…… 십 년째 지하실 폐지 더미 속에서 일해온 터라 나는 습관처럼 화장터의 지하 공간으로 내려가보았다. 책들을 두고 하는 일을 거기서도 똑같이 하고 있다는 느낌이 들었다. 시신 네 구를 태운 참이었고, 그 가운데 엄마는 세번째였다. 나는 꼼짝도 않고서 인간의 궁극적인 실체를 목격하고 있었다. 장의사 인부가 뼈를 추려 곱게 갈아서 어머니의 마지막 유해를 철제 상자에 담았다. 나는 두 눈을 크게 뜨고 지켜보았다. 기차가 스위스와 오스트리아에서 킬로그램당 1코루나에 팔릴 굉장한 화물을 싣고 떠났을 때처럼. 그 순간 머릿속에는 칼 샌드버그의 시구만 맴돌았다. 사람에게서 남는 건 성냥 한 갑을 만들 만큼의 인燐과, 사형수 한 명을 목매달 못 정도 되는 철이 전부라는. 한 달 뒤에 나는 막 넘겨받은 엄마의 유골함을 들고 외삼촌의 집 정원에 들어섰다. 자신의 철도 신호소에 앉아 있던 외삼촌은 우리를 보자 소리를 질렀다. "아, 내 누이로군. 네가 돌아왔어!" 그는 유골함을 받아들고 무게를 가늠해본 뒤 누이동생의 몸이 전만 못하다고 말했다. 생전에 75킬로그램은 족히 나가던 누이였는데! 실제로 저울에 달아보니 재의 무게가 적어도 50그램은 축이 나 있었다. 그는 장롱 위에 유골함을 올려놓았다. 그러다 어느 화창한 여름날 외삼촌은 무밭에서 김을 매다가 문득 떠올렸다. 누이는, 그러니까 내 엄마는, 무라면 사족을 못 썼다는 것을. 그는 통조림 따개로 유골함을 연 뒤 무밭에 엄마의 재를 뿌렸고, 나중에 우리는 그 무를 맛있게 먹었다. 그무렵 압축기로 책들을 압축하노라면, 덜컹대는 고철의 소음 속에서 20기압의 힘으로 그것들을 짓이기고 있노라면, 인간의 뼛조각 소리가 들리곤 했다. 마치 고전 작품들의 뼈와 해골을 압축기에 넣고 갈아댄다고나 할까. 탈무드의 구절들이 딱 들어맞는다는 느낌이었다. "우리는 올리브 열매와 흡사해서, 짓눌리고 쥐어짜인 뒤에야 최상의 자신을 내놓는다."

나는 꾸러미를 만들어 하나하나 철사로 동여맨 뒤 최대한 단단히 조인다. 책들은 어떻게든 굴레에서 벗어나려 해보지만 철사를 이길 수는 없다. 그럴 때면 장터에서 보곤 하는, 가슴을 부풀려 몸의 사슬을 터뜨리는 힘센 장사의 모습이 떠오른다. 하지만 내 꾸러미는 철사에 감겨 옴짝달싹 못하고, 그러다가 꾸러미 속의 모든 게 잠잠해진다. 유골함 속처럼. 그러면 나는 앞서 승복한 동료들 곁으로 그를 데려와 그의 몸을 장식한 복제화가 잘 보이도록 놓아둔다. 그 주에 나는 렘브란트 판 레인의 복제화 백여 점을 찾아냈다. 얼굴이 흐물흐물한 늙은 예술가의 동일한 자화상 백여 점. 예술과 술의 인도를 받아 영원의 문턱까지 다다른 남자의 모습이다. 밖에 있는 누군가의 손에 밀려 마지막 문이 열리는 광경이 벌써 보인다. 내 얼굴 역시 부푼 페이스트리 반죽이나 물기가 배어나고 곰팡이가 슨 벽 꼴이 되었고, 백치 같은 미소가 떠올라 있다. 나 역시 인간사의 감춰진 면모를 보기 시작한다. 그렇게 요즈음 내 꾸러미들은 노인이 된 렘브란트 판 레인의 자화

상으로 싸여 있다. 그런데 압축기의 아가리에 폐지와 펼친 책들을 쑤셔넣으면서 미처 깨닫지 못하다가 처음으로 내 눈길이 가 멎은 것이 있었다. 생쥐 가족과 그들의 보금자리가 통째로 압축되고 있었던 것이다. 눈먼 새끼 쥐들을 선두로 해서 새끼들을 움켜잡고 놓지 않는 어미 쥐들도 함께 쓸모없는 서류와 문학작품의 운명에 동참하고 있었다. 이런 지하실에 이토록 많은 생쥐들이 살고 있을 줄이야. 이백, 아니 오백 마리나 될지 모르는 작고 다정한 이 짐승들 대부분은 반쯤 장님이다. 나와 공통점이 있다면 그들 역시 글자를 먹고 살며, 모로코 가죽 장정의 괴테와 실러를 선호한다는 것. 그렇게 내 지하실은 언제나 사각대며 갉아먹는 소리와 눈짓으로 가득하다. 새끼 고양이처럼 장난기 넘치는 녀석들인지라 내 압축기 언저리로 기어오르는가 하면 롤러 위에서 종종걸음을 치기도 한다. 그러다 녹색 신호가 들어와 기계가 작동하면 그들은 절망적인 상황에 처하게 되고 찍찍대는 소리도 잦아든다. 그 순간 녀석들의 형제들은 심각해져 작은 뒷발로 선 채, 정말 이상한 소리야! 라고 말하려는 듯 귀기울인다. 하지만 이내 모든 걸 잊고 다시 책을 갉아먹기 시작한다. 제대로 발효된 치즈나 잘 익은 포도주처럼, 녀석들은 낡은 책일수록 더 좋아한다. 이제 내 삶은 이 작은 생쥐들과 떼어놓을 수 없게 되었다. 저녁마다 나는 폐지 더미에 호스를 갖다대고 지하실을 물바다로

만드는데, 그 바람에 생쥐들도 흠뻑 젖는다. 생쥐들은 그렇게 물벼락을 맞고 바닥에 찰싹 달라붙어서도 유쾌함을 잃지 않으며, 심지어 그 순간을 고대하기까지 한다. 그들의 은신처인 종이 더미 속에서 몇 시간이고 자신들의 몸을 핥고 덥히기 위해서다. 이따금 나는 그들을 통제하지 못하고 깊은 상념에 잠긴 채로 맥주를 마시러 가서는 카운터 앞에 앉아 부질없는 공상에 빠져들곤 한다. 그러다 값을 치르려고 외투를 열면, 이런! 생쥐 한 마리가 카운터로 튀어오른다! 그래도 바지 속에서 두 마리나 나온 건 아니라서 다행이지만, 그런 일이 일어나지 말라는 법도 없다. 여종업원들은 혼비백산해 의자 위로 뛰어오르고 미친 사람처럼 소리를 질러대며 귀를 틀어막는다. 그러면 나는 미소를 짓고 손을 흔들어 보이고는 자리를 뜬다. 다음 꾸러미에 대한 생각으로 가득 차서.

    삼십오 년째 나는 내 꾸러미들을 절망적인 상황으로 몰아넣어왔다. 내 압축기와 함께 은퇴할 날만을 기다리며 여러 해, 여러 달, 여러 날을 머릿속에서 삭제해버린다. 그리고 날마다 가방 속에 책을 챙겨와 내 집에 정리해둔다. 홀레쇼비체 거리 삼층에 있는 내 거처는 책들로 넘쳐난다. 저장실과 창고는 물론 화장실에도 책이 가득하고, 찬장도 마찬가지다. 주방은 창문과 화덕으로 이어지는 통로로만 겨우 다닐 수 있고, 화장실엔 비집고 앉을 자리만 남아 있다. 변기 위로 150센티미터 높이에 번듯한 나무 선반을 짜 넣어 책들을 천장까지 쌓아둔 것이다. 단 한 차례의 경솔한 몸짓이나 부적절한 동작, 미미한 접촉도 금물이다. 몸이 기둥에 부딪히는 순간 500킬로그램은 나가는 책들이 머리 위로 떨어져 나를 바지가 내려진 채로 짓이겨놓고 말 테니까. 단 한 권도 더는 올려둘 수 없는 상태에 이르러서야 내 방의 침대 둘을 합쳐 그 위로 관 뚜껑처럼 닫집 형태의 선반을 짜 넣었고, 거기에 지난 삼십오 년 동안 찾아낸 2톤의 책을 쌓아두었다. 잠이 들면 끔찍한 악몽처럼 나를 짓눌러오는 책들이다…… 나는 잠결에 돌아눕거나 잠꼬대를 하거나 몸을 뒤척이다가 책들이 미끄러져내리는 소리에 질겁하곤 한다. 몸이 살짝 스치거나 소리만 질러도 눈사태처럼 책들이 선반에서 와르르 떨어져 나를 덮칠 것이다. 풍요의 뿔에 담겨 있던 희귀한 책들이 쏟아져내려 나를 한 마리 이처럼 뭉개놓고 말 것이다. 내가 날마다 짓뭉개는 무고한 생쥐들의 원한을 갚기 위해 책들이 공모를 하는 게 아닌가 싶을 때도 종종 있다. 악행은 반드시 대가를 치르는 법이니까. 수킬로미터 되는 책들의 천개 아래 몽롱한 상태로 누워 위를 바라보고 있으면 불쾌하기 짝이 없는 이런저런 일들이 떠올라 공포에 사로잡히곤 한다. 개중에는 어떤 밀렵 감시인과 관련된 일도 있다. 족제비 한 마리를 잡아 자신의 뒤집힌 소매 속에 넣어두었던 이 남자는 닭들을 먹어치운 녀석에게 즉석에서 응분의 죽음을 안기는 대신 머리에 못을 박은 뒤 놓아주었다. 녀석은 마당에서 소리를 지르며 날뛰다 죽었다. 그런데 그 일이 있고 일 년 뒤, 남자의 아들이 콘크리트 믹서 위에서 작업을 하다가 감전당해 죽었다…… 어제는 한 삼림 감시원의 일이 문득 떠오르기도 했다. 그는 총알을 아끼려고 고슴도치를 보는 족족 뾰족한 꼬챙이에다 꿰어댔는데, 그러다 어느 날 간암에 걸려 석 달 만에 목숨을 잃었다. 뱃속엔 종양이, 머릿속엔 공포가 자리잡은 채로. 이런 생각을 하면 다리가 후들거린다. 책들이 내게 반기를 들고 공모를 해대는 소리가 들리는 것 같아 정신의 균형이 깨져버린다. 책들이 우선 나를 모기처럼 짓이겨놓겠지. 그런 다음 샤프트 속을 오르내리는 승강기처럼 곧장 마룻바닥을 뚫고 지하실까지 떨어질 것이다. 그런 무시무시한 광경이 상상되면 나는 차라리 창가 의자에 앉은 채로 잠드는 편을 택한다. 운명은 피해갈 수 없는 것인가보다. 내 지하 작업실에서는 책들을 비롯해 병이나 잉크스탠드, 스테이플러가 머리 위로 떨어져내리고, 집에서도 매일 저녁 책들이 머리 위로 떨어져 내 목숨을 앗아가거나 중상이라도 입히려고 호시탐탐 기회를 노리니 말이다. 화장실과 침실 천장에 나 자신이 걸어둔 다모클레스의 검이다. 그것이 나를 밖으로 내몰아, 그 근사한 종말에 맞설 수 있게 해주는 유일한 방편인 맥주를 사러 가게 만든다.

매주 한 번씩 나는 외삼촌 집에 들러 넓은 정원을 둘러보며 은퇴한 다음에 내 압축기를 갖다둘 자리를 찾는다. 저금을 해서 은퇴 뒤에 내 압축기를 가져오자는 생각을 해낸 건 내가 아니라 외삼촌이다. 사십 년을 철도원으로 일하며 건널목 차단기를 올리거나 내리며 선로 변경을 책임졌던 사람, 사십 년 동안 나처럼 일이 유일한 기쁨이었던지라 은퇴한 후에도 그 일 없이는 살 수 없게 된 사람이다. 외삼촌은 국경 지대의 한 폐쇄된 역에서 낡은 선로 변경 장치를 사들여 자기 집 정원에 설치했다. 소싯적에 운전공이며 기계공으로 일했던 동료들이 한때 제철소의 광석을 실어 날랐던 소형 기관차인 '오렌슈타인&코펠'을 고철더미에서 찾아냈다. 동료들은 그 레일과 광차 세 대까지 찾아내 외삼촌 집 오래된 정원의 나무들 사이에다 선로를 만들었다. 그렇게 해서 토요일과 일요일에는 엔진이 달궈진 기관차가 출발했다! 오후에는 아이들이 탔고, 저녁이 되면 누구 할 것 없이 기관차에 올라 비좁은 객차 안에서 선 채로 노래를 부르고 맥주를 마시며 얼근히 취해 정원을 돌았다. 강의 신 닐루스의 조각상처럼 보이는 기관차였다. 작은 입상들이 점점이 박힌, 누운 아도니스의 형상을 한……

언젠가 나와 내 압축기가 머무를 장소를 찾기 위해 외삼촌을 보러 간 적이 있었다. 밤이 되자 환하게 불을 밝힌 기관차가 오래

된 과일나무들 사이로 방향을 틀며 질주했다. 선로 변경 통제실에 앉은 외삼촌 역시 자신의 기관차 못지않게 몸이 달아올라 부지런히 레버를 움직였고, 큼직한 알루미늄 컵이 사방에서 빛을 발했다. 나는 아이들과 은퇴한 노인들의 고함소리와 환호성을 들으며 걸어갔다. 그러나 와서 합류하라고 부르는 사람도, 한잔하고 싶은지 내게 묻는 사람도 없었다. 모두가 자신들의 놀이에 빠져 얼이 나가 있었다. 놀이라고 해봐야 그들이 평생토록 애정을 쏟았던 일의 반복에 불과했지만. 나는 카인처럼 이마에 표적을 지닌 채 걸어다녔다. 그렇게 한 시간가량 어슬렁거리다가 그곳을 떠나며 뒤를 돌아보았다. 누군가 나를 불러줄 수도 있었으련만 아무도 그러지 않았다. 문을 나서면서 나는 또 한번 뒤돌아보았다. 초롱과 선로 변경 통제실의 불빛 속에서 아이들과 노인들의 형상이 어렴풋이 흔들리고 있었다. 기관차가 타원형 선로 위에서 휘파람 소리를 내며 움직이기 시작했다. 덜컹대는 객차에 사람들을 태우고 또 한 차례 유람을 시작할 판이었다! 크랭크 오르간에서 흐르는 변함없이 똑같은 노래 같았다. 너무 아름다워서 죽을 때까지 다른 것에는 귀기울일 수 없게 만드는 선율이랄까. 그래도 문가에 서 있으려니 외삼촌이 나를 보고 있다는 걸 알 수 있었다. 외삼촌은 줄곧 나를 보고 있었고, 내가 나무들 사이에서 갈 곳 몰라할 때도 예외는 아니었다. 그는 조종 장치에서 손을 들어

묘한 몸짓으로, 그저 대기를 진동시키려는 듯 손가락을 흔들어 보였다. 나도 어둠 속에서 그의 인사에 답했다. 서로 엇갈리는 방향으로 떠나는 두 열차에 탄 두 사람이 서로에게 작별 인사를 고하는 모습이랄까.

변두리 구역으로 돌아온 나는 그곳에서 소시지 하나를 샀다가 깜짝 놀랄 일을 겪었다. 소시지를 입으로 가져갈 필요도 없이, 그저 턱을 내리기만 해도 소시지가 내 뜨거운 입술에 와 닿는 게 느껴졌다. 소시지를 내 허리 높이에 잡고 있었는데 말이다……
나는 바닥을 내려다보고 경악했다. 소시지 한쪽 끝이 신발에 닿을락 말락 했다. 양손으로 잡고 보면 그저 보통 크기의 소시지였다. 결국 내 키가 줄어들었다는 결론을 내릴 수밖에 없었다. 지난 몇 년 사이에 내 몸이 찌부러진 거다. 집으로 돌아온 나는 주방 문틈을 가린 백여 권의 책을 치웠다. 내 키를 날짜와 함께 잉크로 표시해둔 문틀이었다. 문설주에 등을 붙이고 책을 갖다대어 키를 잰 뒤 돌아서서 선을 그었다. 팔 년 새에 9센티미터가 줄었다는 걸 맨눈으로 보아도 알 수 있었다. 침대 위로 솟은 책들의 천개를 올려다본 순간 나는 알아차렸다. 2톤짜리 닫집이 불러일으키는 상상의 무게에 짓눌려 내 몸이 구부정해진 것이다.

3장

 삼십오 년 동안 나는 폐지를 압축해왔다. 내게 선택권이 다시 주어진다 해도 다른 일을 할 생각은 추호도 없다. 그래도 석 달에 한 번쯤은 내 일에 대한 소신에도 변화가 닥쳐 내 지하실이 혐오스러워지곤 한다. 소장의 불평과 잔소리가 머릿속에서 윙윙대는가 하면 마치 확성기에 대고 악을 써대는 것처럼 귓속에서 맴돈다. 그렇게 내 지하실도 지옥이나 다름없는 불쾌한 공간이 되어버린다. 축축하고 곰팡내나는 종이 더미가 작업장 안마당을 완전히 점거하고 제대로 발효하기 시작해, 그 옆에 있으면 차라리 두엄 냄새가 달콤하게 느껴질 정도다. 더러운 물 밑 개흙 속에서 썩어가는 그루터기 위로 도깨비불이 어른거리듯이, 깊디깊은 이 지하 공간에서 부패해가는 늪지 표면으로 작은 기포들이 떠오른다. 그러면 나는 그곳에서도, 내 압축기에서도 벗어나야 한다. 그렇다고 야외로 나가는 건 아니다. 나는 이제 신선한 공기를 견딜 수 없게 되었으니까. 신선한 공기를 쐬면 숨이 막히고 기침이 나며 아바나산 시가 연기를 삼킨 것처럼 목이 멘다. 소장이 소리지르고 양손을 비틀며 협박해대도 나는 내 지하실을 빠져나와 발길 닿는 대로 다른 지하 세계들을 찾아간다. 그중에서도 중앙난방 제어실에서 일하는 동료들을 보러 가는 게 가장 즐겁다. 개들이 개집에 매여 있듯이 일에 매여 있는, 고등교육을 받은 사람들이다. 그들은 일을 통해 배운 것들을 가지고 동시대 역사를, 그러니까 일종의 사회학적인 앙케트를 쓴다. 극빈층이 점점 줄고 있다는 것과 하층 노동자들이 교육을 받게 된 한편으로 대학 졸업자들이 이 노동자들을 대체하고 있다는 것도 그곳에서 알게 되었다. 어쨌거나 나의 가장 절친한 친구는 단연 하수구 청소부들이다. 아카데미 회원이었던 두 사람은 프라하의 하수구와 시궁창에 대한 책을 쓴다. 포드바바 하수처리장으로 흘러드는 배설물이 일요일과 월요일에는 판연히 다르다는 걸 내게 가르쳐준 것도 그들이다. 요일별로 콘돔 배출량에 따른 배설물의 유량을 그래프로 작성해볼 수도 있다는 것이다. 그뿐만 아니라 어느 동네 사람들이 성생활을 가장 많이 하는지 또 적게 하는지도 확인할 수 있다고 했다. 그런데 무엇보다 인상 깊었던 건, 인간의 전쟁만큼이나 전면적인 회색 쥐들과 검은 시궁쥐들의 전쟁과 관련해 그들이 쓴 기사였다. 그 전쟁 중 하나가 회색 쥐들의 완벽한 승리로 막을 내린 참이었다. 쥐들이 지체 없이 두 개의 무리, 두 개의 종족, 두 개의 조직화된 사회로 나뉘어 싸웠던 것이다. 프라하의 하수구와 시궁창에서는 쥐들이 생사를 건 대전쟁을 벌이는데, 승리하는 쪽이 포드바바까지 흘러가는 배설물과 오물을 전부 차지하게 된다. 그러나 전쟁이 끝나면 변증법의 논리대로 승자가 다시 두 진영으로 나뉜다는 것도 그 고매한 하수구 청소부들이 내게 알려주었다. 기체나 금속을 비롯해 세상에 존재하는 모든 것이 투쟁을 통해 생명 활동을 재개하기 위해 분열을 겪듯이 말이다. 이처럼 상반되는 것들에 균형을 부여하려는 욕구에 의해 조화가 이루어지며, 세상이 통째로 휘청대는 일은 절대로 일어나지 않는다. 정신의 투쟁 역시 여느 전쟁 못지않게 끔찍하다, 라고 한 랭보의 말이 적확하다는 것을 그렇게 나는 이해하게 되었다. 또한 그리스도의 입에서 나온 "나는 평화를 주러 온 게 아니라 검을 주러 왔다"라는 냉혹한 말의 의미도 간파하게 되었다. 어쨌거나 지하실과 하수구, 혹은 시궁창이나 하수처리장을 방문하고 올 때면 나는 언제나 마음의 안정을 느꼈다. 뜻하지 않게 교양을 쌓은 내가 헤겔에게서 배운 것들을 생각하면 전율하지 않을 수 없었다. 세상에서 단 한 가지 소름 끼치는 일은 굳고 경직되어 빈사 상태에 놓이는 것인 반면, 개인을 비롯한 인간 사회가 투쟁을 통해 젊어지고 삶의 권리를 획득하는 것이야말로 단 한 가지 기뻐할 일이라는 사실 말이다.

프라하 거리를 정처 없이 걸어 내가 일하는 지하실로 돌아가노라면 내 시선이 엑스선처럼 보도를 뚫고 하수구까지 가닿는다. 쥐들의 참모부가 군대를 조종하는 곳, 장군들이 무전기를 통해 이런저런 전선의 교전을 강화하라고 명령을 내리는 곳이다. 그들의 뾰족한 이빨이 딱딱 마주치는 소리가 발밑에서 들린다. 영원히 건설중인 저 음울한 세계에 생각이 미친다. 그렇게 시궁창을 철벅이며 걷다가 눈물이 가득 고인 눈으로 하늘을 올려다보면 이제껏 한 번도 보거나 깨닫지 못했던 것이 불쑥 시야에 들어온다. 공공건물들과 아파트들의 정면과 박공이 괴테나 헤겔이 꿈꾸었던 모든 것과 내 모든 갈망을 거울처럼 비추고 있는 것이다. 그것들은 모범이자 목표인 헬레니즘, 즉 그리스의 아름다움을 반영한다. 도리아 양식과 그 기둥들과 트리글리프 장식과 코니스가 그렇고, 이오니아식 소용돌이 장식과 프리즈, 코린트식 아칸더스 이파리 장식과 사원 입구, 여인상 기둥과 난간 그리고 집들의 지붕 역시 그렇다. 이 그리스를 나는 프라하의 외곽 지대에서,

벌거벗은 남녀와 이국적인 식물군으로 장식된 평범한 집들의 문과 창문에서도 발견한다. 그렇게 걸어가노라니, 대학을 나온 한 운전기사의 말이 떠올랐다. 동유럽은 프라하의 문전에서 시작되는 게 아니라 오스트리아의 고전적인 옛 역사驛숲가 더는 보이지 않는 곳에서 시작된다고. 그러니까 그리스 정신이 진동하는 고막 맨 끝자락, 갈리시아의 어딘가에서 시작된다는 것이다. 프라하의 경우, 건물들의 정면이나 주민들의 머릿속이 그리스 정신으로 넘쳐난다면, 그건 오로지 수많은 체코인들의 뇌를 그리스와 로마로 가득 채우는 인문고등학교와 문과대학이 존재하기 때문이다. 수도의 하수구에서 두 패로 나뉜 쥐들이 서로 밀어내며 어이없는 전쟁을 벌이는 동안, 추락한 천사들이 각자의 지하실에서 일하고 있다. 전투에서 패한 교양인들이다. 한 번도 이 전투에 가담한 적이 없지만 세상을 완벽히 설명하기 위해 고군분투하는 사람들이다.

지하 작업실로 돌아오자 내 작은 생쥐들이 환영의 춤을 추고 뛰어오르며 내게 파티를 열어주었다. 그걸 보니 하수구 쪽으로 난 화물용 승강기 샤프트 바닥에 뚜껑문이 하나 있다는 데 생각이 미쳤다. 나는 거기로 내려가 마음을 단단히 먹고 뚜껑을 열어젖혔다. 무릎을 꿇은 채 하수구에서 흐르는 물들의 노랫소리에 귀기울였다. 화장실의 변기 물 내리는 소리, 세면대에서 찰랑대는 선율, 욕조의 비눗물 빼내는 소리가 들렸다. 잇달아 희미한 파도 소리가 들리는 것 같기도 했다. 그러나 신경을 곤두세우고 들으니, 교전중인 쥐들의 함성이 뚜렷이 분간되었다. 살을 갉아먹는 소리, 탄식과 환호성, 찰랑대는 물소리, 전사들의 몸에서 나는 꾸르륵 소리…… 어디라고 꼬집어 말할 수 없는 먼 곳에서 들리는 소리였다. 어디라도 상관없었다. 하수구를 덮은 쇠창살이나 뚜껑을 열어젖히고 아래로 내려가기만 하면 쥐들의 마지막 전투를 목격할 수 있을 테니까. 기쁨의 환호성으로 막을 내릴, 그 모든 걸 다시 시작할 이유를 찾아내기 전까지는 아마도 마지막일 전쟁을. 나는 뚜껑문을 닫고는 새로운 지식으로 가득차 내 압축기가 있는 데로 돌아왔다. 내 발밑 하수구마다 잔인한 전투가 벌어지고 있었다. 그러고 보면 쥐들의 하늘 역시 인간적이지 못하다. 나는 또 어떤가. 삼십오 년째 폐지를 꾸리고 있는 나는! 삼십오 년째 지하실에 살다시피 하면서 나 또한 쥐들을 닮게 되었고, 이젠 목욕이라면 질색이다. 소장의 사무실 바로 뒤편에 욕실이 하나 있는데도 말이다. 목욕을 하면 병이 날 테니 위생에 너무 집착해선 안 될 것 같다. 장갑도 안 끼고 맨손으로 일하기 때문에 저녁마다 손을 씻기는 한다. 그 정도는 나도 할 줄 안다! 하지만 하루에도 몇 번씩 씻는다면 피부가 온통 갈라지고 말 것이다. 그렇긴 해도 아름다움에 대한 그리스적인 이상에 사로잡힐 때면 한쪽 발 혹은 심지어 목을 씻기도 하며, 그다음주에는 다른 쪽 발 혹은 한쪽 팔을 씻는다. 큰 종교 축제가 이어지는 시기에는 상반신과 양다리를 씻기도 한다. 그런 일들은 사전에 예측할 수 있기에 항히스타민제를 미리 복용해둔다. 눈 오는 날에조차 걸리는 건초열을 예방하기 위해서다. 그 정도는 나도 할 줄 안다!

이제 내 압축기로 돌아와 일을 한다. 각각의 꾸러미마다 한가운데다 철학자의 책을 활짝 펼쳐 올려둔다. 도시를 가로질러 아침 일찍 산책을 하니 마음이 평화롭다. 나와 비슷한 수많은 사람들이 프라하의 밑바닥, 지하실과 지하 공간에서 활기 넘치는 생생한 생각들로 머릿속을 가득 채운 채 살아가고 있는 것이다. 그걸 알고 나니 혼자가 아니라는 사실에 기운이 난다. 일도 한결 덜 부담스럽고 저절로 되는 것 같아 나는 시간을 되돌려 내 젊은 시절까지 거슬러올라가본다. 그 시절만 해도 나는 토요일마다 바지를 다리고 신발을 닦아 밑창까지 광을 냈다. 젊을 때엔 깨끗한 걸 좋아하고 자신의 이미지에 도취해 그 이미지를 개선하려고 노력하기까지 하니까……

숯을 꽉 채운 다리미로 허공에 동그라미를 그린다. 불똥이 튄다. 정성껏 바지 주름을 잡고 입안 가득 머금은 물을 축축한 천에 내뿜는다. 나인핀스를 할 때마다 늘 무릎을 땅에 대고 공을 던져 닳아 해지는 바지의 오른쪽 다리에 공들여 다리미질을 한다.

김이 나는 헝겊을 치우면서 바지 주름이 제대로 잡혔을까 걱정이 이만저만이 아니다. 그러고는 마침내 바지를 꿰입고 집을 나와 마을 광장으로 향한다. '아래주점'에 다다르기 직전 뒤를 돌아보니 어머니가 내 옷차림을 꼼꼼히 살피며 감탄 어린 눈길로 나를 바라다보는 모습이 보인다. 저녁이 되어 나는 무도회에 와 있다. 내가 기다리던 만차가 홀 안으로 들어온다. 그녀의 옷에 달린 리본들과, 머리카락과 같이 엮어 땋은 장식 끈들이 기다랗게 나부낀다. 음악이 시작되자 나는 그녀하고만 춤을 춘다. 주변 세계가 회전목마처럼 빙글빙글 돈다. 춤추는 사람들 사이에 자리가 나는지 곁눈질하며 폴카 리듬에 맞춰 그녀와 함께 원 안으로 날아든다. 춤의 소용돌이 속에서 만차의 리본들이 팽팽히 수평을 이루며 우리를 싸고 돈다. 내가 춤의 속도를 늦추면 리본은 천천히 내려앉고, 힘껏 돌면 다시 떠오른다. 만차의 작은 손에는 수놓은 흰 손수건이 들려 있다. 그 손을 잡은 내 손에 리본이 스친다. 그녀를 사랑한다고, 나는 처음으로 그녀에게 고백한다. 그러자 그녀가 속삭인다. 그녀도 날 사랑한다고, 소학교 시절부터 그랬다고. 그녀는 내 몸에 바짝 다가붙어 나를 끌어안는다. 우리는 어느 때보다 서로를 가까이 느낀다. 여자들이 춤 상대를 고르는 순서에서 만차가 내게 파트너가 되어달라고 요청하자 나는 "좋아요!" 하고 힘껏 외친다. 그런데 춤이 막 시작되려는 순간 그녀는 얼굴이 창백해져 양해를 구하더니 잠시 자리를 뜬다. 홀 안으로 돌아온 그녀의 손이 차갑다. 내 손에 이끌려 그녀는 빙글빙글 돌고 또 돈다. 내가 얼마나 춤을 잘 추는지, 우리 둘이 얼마나 잘 어울리는 한 쌍인지 모두에게 보여주고 싶다. 폴카의 리듬이 점점 빨라져 어지럽다. 만차의 리본들이 그녀의 땋은 아맛빛 머리와 함께 선회한다…… 갑자기 사람들이 춤을 추다 말고 뒷걸음치더니, 역겹다는 얼굴로 우리를 에워싼다. 우리를 보며 찬탄하는 게 아니다. 끔찍한 무언가가, 나도 만차도 제때에 알아차리지 못한 무언가가, 일종의 원심력처럼 그들을 우리에게서 밀어낸 거다. 그 순간 만차의 어머니가 끼어들어 다짜고짜 딸의 팔을 잡아챈다. 경악한 어머니는 딸을 데리고 황급히 무도회장을 빠져나간다. 아래주점을 뒤로하고, 다시는 그곳에 발을 들이지 않는다. 그 일이 있고 난 뒤 나 역시 몇 년 동안 만차를 보지 못하게 된다. 그 저녁 이후로 그녀는 사람들에게 '똥바가지 쓴' 만차로만 통한다. 춤 상대를 고르는 순간의 감격과 내 사랑 고백을 들은 뒤의 동요로 만차는 어두컴컴한 선술집 화장실에 다녀와야 했는데, 피라미드 모양의 대변이 가장자리까지 차오른 시골 변소에 그만 리본을 적시고 만 것이다. 그러고 나서 불빛이 환한 홀까지 달려왔는데, 그녀의 리본이 빙글빙글 돌면서 사정거리 안에서 춤추는 사람들 모두를 치며 똥물을 튀겼던 것이다……

나는 폐지를 압축한다. 녹색 버튼을 누르면 압축판이 전진하고, 붉은색 버튼을 누르면 후진한다. 이것이 세상의 기본적인 움직임이다. 헬리콘의 밸브나 반드시 원점으로 돌아오는 원처럼. 만차는 명예를 회복하지 못한 채, 자신의 잘못이 아닌 치욕을 견뎌야 했다. 그녀에게 닥친 일은 인간적인, 지나치게 인간적인 일이었다. 그런 일을 두고 괴테라면 울리케 폰 레베초프를 용서해주었겠고, 셸링이라도 카롤리네를 용서해주었을 것이다. 라이프니츠라면 그의 아름다운 정부 조피 샤를로테를 결코 용서하지 않았을 것이고, 과민한 횔덜린 역시 곤타르트 부인에게 그랬을 테지만…… 오 년 뒤 나는 모라비아에서 만차를 다시 만났다. 리본 사건 이후로 그녀의 가족 모두가 그곳으로 옮겨가 살고 있었다. 그녀는 내 애원을 받아들여 내게 용서를 베풀었다. 나는 신문에서 읽는 다양한 사건들을 비롯해 만사에 죄책감을 느끼는 사람이었으니까. 마침 내가 5천 코루나짜리 복권에 당첨된 터라 그녀에게 가벼운 여행을 떠나자고 제안했다. 돈을 좋아하지 않았던 나는 예금통장 따위에 신경쓰고 싶지 않아 이 뜻밖의 소득을 어떻게든 빨리 써버려야겠다는 생각뿐이었다. 우리는 '황금산'으로 떠나 레너 호텔에 묵게 되었다. 이 비싼 호텔을 택한 건 한시라도 빨리 돈과 근심에서 벗어나고 싶어서였다. 만차를 두고 호텔 투숙객들은 하나같이 나를 부러워했고 저녁마다 그녀를 가로채가지 못해 안달이었는데 그중에서도 사업가인 이나가 가장 악착스러웠다. 나는 행복했고, 돈을 물 쓰듯 썼다. 우리는 무엇 하나 부족한 게 없었다. 때는 2월 말이었고, 태양이 밝게 빛났다. 구릿빛으로 그을린 만차도 가슴이 훤히 드러나는 민소매 셔츠 차림으로 다른 사람들처럼 반짝이는 산비탈을 따라 스키를 탔다. 내가 코냑을 홀짝이는 동안 남자들이 쉴새없이 그녀 주위를 맴돌았다. 점심식사 전에는 모두가 호텔 테라스로 나와 일렬로 길게 늘어선 의자에 몸을 묻고 햇볕에 몸을 그을렸다. 서른 개의 작은 탁자에는 기분을 북돋워주는 아페리티프와 리큐어가 놓여 있었다. 식사 시간을 알리는 종소리가 마지막으로 울릴 때까지 만차는 스키를 타고 또 탔다. 우리가 체류한 마지막 날이었는지, 아니면 그 전날이었는지는 모르겠다. 아무튼 체류 닷새째 되는 날이었고, 내 수중에는 500코루나밖에 남아 있지 않았다. 구릿빛으로 그을린 아름다운 만차가 스키를 타고 황금산 산허리를 내려오는 모습이 보였다. 나는 투숙객들 사이에 앉아 닷새 동안 4천 코루나의 돈을 쓴 걸 자축하면서 사업가 이나(그는 나도 사업가라고 생각했다)와 건배를 하고 있었다. 그때 만차가 앙상한 소나무 뒤로 잠깐 모습을 감추는가 싶더니 다시 나타나 호텔까지 순식간에 미끄러져내려왔다. 그날따라 날씨가 너무도 화창하고 햇볕이 따스해 빈 의자가 없을 정도여서 호텔 보이들이 의자를 더 내다둔 참이었다. 나의 만차는 투숙객들이 햇볕에 몸을 그을리고 있는 테라스를 따라 평소처럼 이리저리 오가고 있었다. 사업가 이나의 안목이 정확했다. 그날 만차는 정말이지 멋졌다. 그런데 그녀가 거기에 있던 투숙객 몇 명을 막 지나친 순간 여자들 몇이 돌아보며 웃음을 참는 것이 보였다. 그녀가 내 쪽으로 다가올수록 여자들의 웃음이 더 자지러졌다. 남자들도 뒤로 벌렁 나자빠지며 신문으로 얼굴을 가린 채 열심히 읽는 척하거나 차라리 눈을 감았다. 마침내 만차가 내 곁을 지나가는 순간 나는 보았다. 그녀가 신은 한쪽 스키, 그러니까 발꿈치 바로 뒤쪽에 큼직한 똥이 얹혀 있는 것을. 야로슬라프 브르흘리츠키의 아름다운 시에도 나오는, 문진만큼이나 큰 똥…… 나는 대번에 이해했다. 만차의 삶에서 이제 제2막이 시작되었다는 것을. 명예를 지키지 못하고 치욕을 견뎌야 하리라고 예견된 삶이었다. 사업가 이나는 황금산의 앙상한 소나무 뒤 어딘가에서 만차가 자신의 스키 위에다 무슨 짓을 했는지 알고는 마음이 불편해져서 오후 내내 사지가 마비된 사람 같았다. 만차의 얼굴 또한 붉게 달아올라 모근까지 새빨개졌다…… 하늘은 인간적이지 않으며, 사고하는 인간 역시 마찬가지다. 나는 폐지 꾸러미를 차례로 압축기에 넣고 압축한다. 꾸러미마다 한복판에 책 한 권이 가장 아름다운 페이지가 펼쳐진 채 놓인다. 나는 압축기 옆에서 일하지만 생각은 만차에게 가 있다.

그날 저녁, 코냑으로는 더이상 성에 차지 않았던 우리는 샴페인을 터뜨리며 남은 돈을 몽땅 쏟아부었다. 회중 앞에서 스키에 똥을 신고 질주했던 만차는 자아 이미지에 손상을 겪은 참이었다. 나는 밤이 새도록 그녀에게 용서를 빌었지만 헛일이었다. 그녀는 도도하게 몸을 세운 채 레너 호텔을 떠났고, 그렇게 노자의 말도 실현되었다. 치욕을 겪고 명예를 지킨다는. 그녀 같은 사람이 바로 그 명백한 사례다…… 나는 『도덕경』의 해당 페이지를 펼쳐 희생물을 바치는 사제처럼 지저분한 빵 종이와 시멘트 부대로 꽉 찬 압축통 한복판에 놓아둔다. 녹색 버튼을 누르면 오물들이 모두 움직이기 시작한다. 절망의 기도를 올리기 위해 꽉 맞잡은 양손처럼 내 압축기의 아가리가 『도덕경』을 분쇄하는 광경을 나는 지켜본다. 그러고 있노라니 먼 과거로 되돌아가 만차의 삶 한 토막과 아름다웠던 내 젊은 시절이 떠오른다. 그 모두의 배후에서, 깊디깊은 땅 밑 하수구를 흐르는 더러운 물소리가 들린다. 그곳에서 두 종족으로 나뉜 쥐들이 생사를 건 싸움을 벌이고 있다. 아름다운 하루다!

4장

 어느 오후, 도살장에서 피 묻은 종이와 상자가 트럭 가득 실려 왔다. 도저히 견딜 수 없는 들쩍지근한 냄새가 났다. 졸지에 내 몸은 푸주한의 앞치마처럼 피로 뒤덮였다. 나는 복수를 할 요량으로 첫번째 꾸러미에 로테르담의 에라스뮈스가 쓴 『우신예찬』을, 두번째 꾸러미에는 실러의 『돈 카를로스』를 집어넣었다. 그리고 말씀이 피가 흐르는 육신이 되도록 세번째 꾸러미에는 프리드리히 니체의 『에케 호모』*를 활짝 펼쳐서 넣어두었다. 무수

---

* Ecce Homo. '이 사람을 보라'는 의미의 라틴어. 예수를 십자가형에 처할 것을

한 파리떼가 쉴새없이 내 주변을 맴돌았다. 푸주한의 선물인 이 끔찍한 녀석들이 시끄럽게 앵앵대면서 우박 알처럼 내 얼굴을 후려쳤다. 내가 맥주를 네 단지째 비우고 있을 때 압축기 근처에 우아한 젊은이 하나가 나타났다. 나는 그를 대번에 알아보았다. 예수였다. 연이어 얼굴에 주름이 가득한 노인이 그의 곁으로 와 섰다. 노자가 아니면 누구랴. 한눈에 그라는 것을 알아볼 수 있었다. 둘은 나란히 함께 서 있었고, 그 참에 나는 젊은이와 노신사를 비교할 수 있었다. 무수히 많은 푸른 파리들이 사방에서 미친 듯이 날아다녔다. 날개와 몸이 금속성을 내며 소용돌이무늬의 살아 있는 거대한 화폭을 만들어냈다. 얼룩으로 가득한, 잭슨 폴록의 커다란 그림들 같았다.

나는 그 둘의 출현을 보고도 놀라지 않았다. 내 조상들 역시 술을 좀 과하게 마셨을 때는 환영을 보았고, 동화 속 인물들의 방문을 받곤 했으니까. 내 할아버지는 술집을 차례로 돌다가 물의 요정들을 만났고, 증조할아버지는 리토벨 양조장의 맥아 제조소에서 도깨비불과 꼬마 악마와 선녀를 보았다. 뜻하지 않게 교양을 쌓게 된 나에게도 이미 그런 일이 일어났었다. 2톤의 천개 아래

요구하는 유대인들에게 본디오 빌라도가 한 말로(〈요한복음〉 19장 5절), 15~17세기의 서구 기독교 회화에 많이 쓰인 주제이기도 하다.

서 잠을 자다가, 같은 해 같은 날 태어난 셸링과 헤겔을 본 것이다. 그리고 말을 탄 로테르담의 에라스뮈스가 내게 바다로 가는 길을 물어온 적도 있었다. 그러니 오늘 내가 좋아하는 그 두 사람이 방문했다고 해서 뭐, 그리 놀랄 일도 아니었다. 하지만 그들의 사고를 통찰하는 데 그들 각자의 나이를 아는 게 필수 조건임을 깨달은 건 처음이었다. 파리들의 광무, 그 성난 날갯짓이 점점 활기를 띠면서 내 작업복도 피로 물들었다. 내가 압축기의 녹색 버튼과 붉은색 버튼을 번갈아 누르는 동안에도 산등성이를 쉬지 않고 오르는 예수의 모습이 보였다. 노자는 이미 산 정상에 올라 있었다. 세상을 바꾸고 싶은 열정적인 젊은이와 체념 어린 눈길로 주위를 둘러보는 노인. 삶의 근원으로 회귀함으로써 안감을 두둑이 댄 영원의 옷이 만들어진다. 예수는 기도를 통해 현실을 기적으로 만들려고 한 반면, 『도덕경』의 노자는 순진무구의 지혜에 도달하기 위해 자연법칙들을 유일한 방편으로 삼았다는 것을 나는 알았다……

나는 피로 칠갑이 된 얼굴로 피 묻은 축축한 종이를 한아름 들어올렸다. 녹색 신호가 들어오자 압축판이 이 끔찍한 종이를 짓눌렀다. 마지막으로 남은 고깃조각에서 미처 빠져나오지 못한 파리들도 함께. 고기 냄새에 홀딱 빠진 이 푸른 파리들은 원자 안에서 맴도는 중성자와 양자처럼 점점 더 사납게 앵앵대며 들러붙었고 종이가 가득한 압축통 주위에서 빽빽한 광란의 수풀을 형성했다. 청년들과 아름다운 처녀들의 무리에 둘러싸여 빛을 발하는 젊은 예수에게서 나는 눈을 떼지 못한 채 맥주를 단지째 들이켰다. 반면 노자는 홀로 자신에게 어울리는 무덤을 찾고 있었다. 피 묻은 종이에 극도의 압력이 가해지면서 곤죽으로 짓이겨진 파리떼와 뒤섞인 핏방울이 튀는 와중에도 예수는 그윽한 황홀경에 빠져 있고, 노자는 깊은 우수에 젖어 무심하고도 거만한 자세로 압축통 모서리에 몸을 기대고 있었다. 믿음이 가득한 예수가 산 하나를 들어 옮기는 동안, 노자는 내 지하실에 불가해한 지성의 그물을 펼쳐놓았다. 예수가 낙관의 소용돌이라면, 노자는 출구 없는 원이다. 예수가 극적인 갈등 상황과 싸우고 있다면, 노자는 도덕과 관련된 상반되는 요소들의 풀리지 않는 문제를 조용히 명상한다. 붉은색 신호가 들어오자 온통 피로 물든 압축판이 후진해서 돌아왔고, 나는 압축통에 고기의 악취가 나는 축축한 포장지와 판지와 상자를 양손으로 던져 넣었다. 내게는 아직 프리드리히 니체가 리하르트 바그너와의 우주적인 우정을 이야기한 책의 페이지를 들척일 힘이 남아 있었다. 그러나 나는 욕조에 아기를 담그듯 압축통 속에 책을 내려놓았다. 그런 다음, 폭풍우 속에 버티고 선 버드나무 가지들처럼 얼굴을 후려치는 푸르뎅뎅한 파리떼를 잽싸게 몰아냈다. 그런데 녹색 버튼을 다시 누르기가 무섭게 붉은색과 터키옥색 비단 치마로 계단이 환해지더니 두 집시 여자가 내 지하실로 사뿐사뿐 걸어내려왔다. 그들의 방문이 내겐 늘 환영幻影처럼 여겨졌다. 애인의 칼에 맞아 벌써 죽었으려니 믿고 있던 예기치 못한 순간에 그들은 나를 보러 왔다. 내 어린 집시 여자들은 온갖 종류의 폐지를 모아다가 봇짐을 만들어 등에 지고 왔다. 옛날에 여자들이 숲에서 풀을 베어 나를 때 쓰던, 그런 커다란 봇짐이었다. 두 여자가 그렇게 등에 짐을 지고 시끌벅적한 거리를 뒤뚱대며 걸어오면 행인들은 비켜나 길모퉁이로 사라졌다. 두 여자가 우리 작업장 안마당 입구로 들어설 때면 등에 진 짐 때문에 통로가 막혔다. 그들은 자신들이 가져온 폐지 더미 위로 벌렁 나자빠지며 띠의 버클을 끌러 무거운 짐을 내려놓은 뒤 저울까지 끌고 왔다. 그리고 땀에 흠뻑 젖은 이마를 닦으며 저울의 바늘을 지켜보았다. 그들이 큰 상점들을 돌며 모은 상자와 판지와 포장지는 언제나 30킬로그램을 넘어 40 혹은 50킬로그램이 되기도 했다. 엄청난 활기와 에너지를 지닌 여자들이었다. 멀리서 이 집시 여자들이 봇짐을 지고 오는 모습을 보면 광차나 전차를 끌고 오는 것 같기도 했다. 하지만 그들도 슬픔을 느끼거나 등에 가득 진 짐의 무게에 눌려 녹초가 될 때도 있었는데, 그럴 때면 곧장 내 지하실로 달려내려왔다. 짐에 씌웠던 덮개를 멀리 내팽개친 뒤 치마를 배꼽까지 말아올린 채 마른 폐지 더미

속을 뒤져 귀신같이 담배를 찾아냈다. 그러고는 벌러덩 드러누워 초콜릿을 깨물어 먹듯이 담배꽁초를 빨고 또 빨았다. 내가 내 파리떼에 싸여 그들에게 애매한 몸짓으로 인사를 건네도 터키옥색 집시 여자는 치마를 허리까지 걷어올리고 벌렁 누워버렸다. 예쁜 다리와 속살이 드러난 예쁜 배. 아랫배에는 아름다운 치모가 활활 타올랐다. 그녀는 기름진 검은 머리털을 목덜미께에서 감싼 삼각 숄 위로 한 팔을 접어 올리고 게걸스럽게 담배를 빨았다. 터키옥색 집시 여자는 너무도 천진한 모습으로 그렇게 누워 있었다…… 하지만 붉은색 집시 여자는 가혹한 짐에 눌려 해진 꼬질꼬질한 걸레를 떠오르게 했다. 나는 빵과 소시지를 사서 넣어둔 내 가방을 그들에게 팔꿈치로 가리켜 보였다. 일을 할 때면 지나치게 흥분하거나 잔뜩 긴장하거나 보통은 맥주에 흠뻑 취해 있곤 했는데, 그렇게 술을 마시다 보면 도시락은 손도 안 댄 채 집으로 도로 가져가기 일쑤였으니까…… 두 집시 여자가 폐지 더미에서 굴러내려와 담배를 입에 문 채로 함께 내 가방을 뒤져 소시지를 반으로 갈랐다. 둘은 과장된 몸짓으로, 독사의 머리를 밟듯 꽁초를 조심스레 짓이긴 뒤 자리에 앉아 소시지와 빵을 차례로 해치웠다. 나는 그들이 빵을 먹는 모습을 보는 게 즐거웠다. 절대로 빵을 통째로 물어뜯지 않았다. 두 여자는 돌연 진지해진 표정으로 손가락으로 빵조각을 떼어 입안에 넣고는 고개를 끄덕였다. 도살되기 직전까지 한 수레를 끌도록 운명지어진 두 마리 짐승처럼 서로 어깨를 기대고서. 나는 그들이 어깨 위의 덮개를 뒤로 젖힌 모습으로 담배를 피우며 이 가게 저 가게를 도는 모습과 마주치곤 했는데, 그때마다 두 여자는 서로의 허리를 팔로 감싸고 폴카를 추는 듯한 스텝으로 걷고 있었다. 정말이지 녹록지 않은 삶을 사는 여자들이었다. 그렇게 폐지를 모아 두 꼬맹이와 기둥서방까지 먹여 살려야 했으니까. 이 기둥서방이라는 작자는 오후가 되면 봇짐 크기대로 받은 만큼의 돈을 삥땅쳐갔다. 금테 안경에다 가느다란 콧수염, 앞가르마를 탄 희한한 모양새의 집시 남자였다. 그는 늘 사진기를 어깨에 메고 다니면서 두 집시 여자의 사진을 찍었다. 이 선량한 여자들이 환한 미소를 지으며 부동의 자세를 취하면 그치는 그들의 얼굴을 매만진 뒤 사진을 찍겠다고 물러섰다. 하지만 필름이 들어 있지 않은 사진기여서 집시 여자들은 그렇게 찍은 사진을 단 한 장도 본 적이 없었다. 그런데도 그들은 매일 포즈를 취했고, 천국을 떠올리며 위로받는 그리스도인들처럼 희망에 부풀었다. 하루는 강을 가로질러 다리가 놓인 리벤의 카페 숄러 부근에서 그들을 보았다. 한 집시 경찰이 교통정리를 하고 있었다. 소매에 흰 커프스가 달려 있고 손에는 줄무늬 경찰봉을 든 남자였는데, 아주 근사하고 의젓하게 춤추는 것처럼 빙글빙글 돌고 있었다. 자신감이 넘치는 동작으로 직무를 수행하고 있는 그를 보며 나도 발길을 멈추었다. 그 순간 붉은색과 터키옥색이 어른거리며 내 시선을 낚아챘다. 거기, 철책 가까이 나의 두 집시 여자가 있었다. 그들 역시 교차로 한복판에 서 있는 동족인 그 남자를 나처럼 뚫어지게 지켜보고 있었다. 그들 주변에 모여 선 집시들은 노인 아이 할 것 없이 넋을 잃은 표정이었다. 그 집시 남자가 도달한 성공의 지점을 목격하며 도무지 믿기지 않는다는 듯 두 눈에 자부심이 가득했다. 잠시 뒤 다른 경찰이 교대하러 오자, 이제 집시 경찰은 다른 집시들 무리에 둘러싸여 존경과 축하의 인사를 받고 있었다. 나의 두 집시 여자도 붉은색과 터키옥색 비단 치마를 화관처럼 펼치고 꿇어앉아 자신들의 치맛자락으로 그 유쾌한 남자의 신발 먼지를 닦아내는 일에 착수했다. 남자는 미소만 지었다. 그러나 남자도 자족감을 더는 감추지 못하고 웃음을 터뜨렸고, 거기 있는 여자들 모두와 정중하게 키스를 나누었다. 그사이에도 붉은색과 터키옥색 치마는 남자의 제복 구두에 광을 내는 일을 멈추지 않았다.

  두 집시 여자는 도시락을 다 먹고 치마폭에 떨어진 빵 부스러기마저 먹어치웠다. 이윽고 터키옥색 집시 여자가 폐지 더미 위에 길게 누워 허리 위까지 속살이 드러난 천진한 배를 내보이며 진지한 목소리로 물었다. "자, 아저씨, 시작할까요?" 나는 피 묻은 손을 보여주며 셔터를 내리는 몸짓으로 대답했다. "오늘은 안 돼.

무릎이 아파서." 그녀는 어깨를 으쓱한 뒤 치마를 내리더니 눈도 깜박이지 않고 나를 응시했다. 계단에 앉아 있는 붉은색 집시 여자도 마찬가지였다. 두 여자는 기운과 생기를 웬만큼 되찾자 덮개 귀퉁이를 거머쥐고는 계단을 달려올라갔다. 그러더니 사라지기 직전에 접이식 자처럼 허리를 꺾어 양다리 사이로 얼굴을 내밀며 나지막한 목소리로 작별을 고한 뒤 통로로 달아났다. 누구도 흉내낼 수 없는 그들만의 폴카 스텝, 마당의 포석을 두드리는 그들의 발소리가 여전히 들려왔다. 안경을 끼고 콧수염을 기르고 앞가르마를 탄 모습으로 사진기를 들고 다니는 집시 남자가 사전에 거래망을 터놓고 지시한 대로 다른 폐지 더미를 찾아가는 소리였다. 나는 다시 일을 시작했다. 쇠갈퀴를 천장에 갖다대고, 핏물 밴 포장용품과 상자, 흠뻑 젖은 종이가 압축통 쪽으로 떨어져내리게 했다. 마당을 향해 뚫린 구멍이 점점 커지면서 이제 온갖 소음과 목소리가 확성기를 타고 나오는 것처럼 내게 전달되었다. 단골로 폐지를 모아 오는 넝마주이 몇몇이 뚜껑문 아래로 몸을 숙이고서, 국부이신 카렐 4세의 영구대를 꼭 닮은 내 압축기가 놓인 바닥 쪽을 내려다보았다. 그들은 성당 정면 현관 위의 조각상들만큼이나 작아 보였다…… 그 순간 난데없이 소장의 모습이 보였고, 분노와 증오가 가득 서린 목소리가 내 머리 위로 쏟아져내렸다. 고함을 지르는 소장의 손이 고통으로 뒤틀렸다. "한탸, 그 떠돌이 점쟁이 년들이 거기 남아 무슨 짓을 한 게지?" 늘 그렇듯 나는 깜짝 놀라 한쪽 무릎을 꿇은 자세로 주저앉아 양손으로 내 압축통을 꽉 잡고는 위를 올려다보았다. 소장이 왜 나를 좋아하지 않는지, 왜 나만 보면 그렇게 험상궂은 표정만 짓는지 도무지 이해가 되지 않았다. 나로 말미암은 고통의 낙인이 뚜렷이 새겨지고 부당한 분노가 서려 있는 얼굴. 그 얼굴을 볼 때마다 나는 한없이 비참한 심경에 젖곤 했다. 그지없이 고결한 주인에게 추악한 골칫거리나 떠안기는 밉살스러운 고용인, 그 혐오스러운 인간이 나인가 싶어서……

무덤의 돌이 치워지고 그리스도가 나가신 것을 목격하고는 겁에 질린 경비병들처럼, 나는 바닥에서 몸을 일으켰다. 일어나 무릎을 털고 다시 일을 시작했다. 예전의 확신 같은 건 더이상 없었다. 파리떼가 점점 더 사납게 앵앵대며 필사적으로 날아들었다. 내가 완전히 으깨놓다시피 한 정육점 종이를 더는 차지할 수 없게 되자 실성한 건지도 몰랐다. 아니면 내가 종이 더미를 부수는 순간 바람이 일어 녀석들을 당황하게 했는지도. 이유야 어떻든, 녀석들이 나무딸기 덤불처럼 물샐틈없이 나를 에워쌌다. 가시덤불처럼 빽빽이 집결한 녀석들을 양손으로 물리치다보니 기다란 바늘이나 철사와 싸우는 기분이었다. 나는 피와 땀으로 범벅이 되어 일했다. 집시 여자들이 와 있던 내내 예수와 노자가 내 압축기 옆에 남아 있었지만 이제 나는 혼자였다. 줄처럼 감겨오는 검정파리들의 공격을 쉴새없이 받으며 버림받은 자가 되어 무작정 일에 매달렸다. 그러자 윔블던 대회에서 우승을 막 거머쥔 테니스 선수처럼 의기양양한 예수가 보였다. 반면 초라한 외관의 노자는 재고를 넉넉히 두고도 빈손처럼 보이는 장사꾼 같았다. 예수에게서는 상징과 암호로 이루어진 피 흘리는 현실이 읽혔지만, 수의에 싸인 노자는 엉성하게 다듬은 들보 하나를 손가락으로 가리키고만 있었다. 예수는 플레이보이 같았고, 노자는 내분비선이 고장난 노총각처럼 보였다. 예수는 오만한 손과 힘찬 몸짓으로 적들에게 저주를 내렸지만, 노자는 체념한 사람처럼 팔을 늘어뜨리고 있었다. 예수가 낭만주의자라면, 노자는 고전주의자였다. 예수는 밀물이요 노자는 썰물, 예수가 봄이면 노자는 겨울이었다. 예수가 이웃에 대한 효율적인 사랑이라면, 노자는 허무의 정점이었다. 예수가 프로그레수스 아드 푸투룸*이라면, 노자는 레그레수스 아드 오리기넴**이었다……

나는 녹색과 붉은색 버튼을 차례로 누르며, 마지막으로 남은 종이 더미를 압축통 속에 던져 넣었다. 푸주한들이 예수와 노자

---

* progressus ad futurum. '미래로의 전진'이라는 뜻.
** regressus ad originem. '근원으로의 후퇴'라는 뜻.

를 내가 있는 곳까지 데려와서는 던져놓고 간 더러운 종이들이었다. 나는 마지막 꾸러미에 이마누엘 칸트의 『도덕 형이상학』을 넣어두었다. 미친 파리들이 피가 말라붙은 마지막 종잇조각들에 일제히 내려앉아 게걸스레 피를 빨아댔다. 압축통 내벽에 짓눌려 얇은 막과 즙이 되어버릴 거라는 걸 알아차리지도 못한 채. 그 역겨운 정육면체의 조립물을 철사로 동여매 다른 열다섯 형제들과 합류하도록 보내자니 남아 있던 광분한 파리떼가 쫓아와 꾸러미들을 뒤덮었다. 검붉은 핏방울마다 녹색 혹은 푸른색 파리가 내려앉아 금속성 빛을 발했다. 각각의 정육면체들은 푹푹 찌는 여름날 정오에 시골 푸줏간 갈고리에 걸린 소의 커다란 넓적다리를 연상시켰다. 눈을 든 순간, 예수와 노자가 사라지고 없다는 걸 깨달았다. 터키옥색과 붉은색 치마를 입은 내 집시 여자들처럼 그들도 흰 회칠이 된 계단을 되올라가버렸고, 내 맥주 단지는 비어 있었다. 나는 절뚝거리거나 때로는 한 손으로 짚으며 계단을 올라갔다. 너무 시끄러운 내 고독 탓에 머리가 좀 어질어질했다…… 뒷골목으로 나와 신선한 공기를 쐬고서야 정신을 차리고 손에 든 빈 단지를 꽉 움켜잡았다. 반짝이는 대기 속에서, 마치 햇빛이 소금기를 머금기라도 한 듯 나는 두 눈을 깜박이며 성삼위일체 성당 사제관 담벼락을 따라 걸었다. 토목공들이 도로를 파헤쳐놓은 곳이었다. 내 집시 여자들이 터키옥색과 붉은색 치마를 활짝 펼친 모습으로 거기, 판자 울타리 위에 앉아 있었다. 그들은 담배를 피우며 자기들처럼 집시인 인부들과 잡담을 나누었다. 수많은 집시들이 이곳 도로 공사에 투입되는데, 그렇게 일거리가 생기면 그들은 정성을 다해 일한다. 웃통을 벗어젖힌 그들이 단단한 땅과 포석에 곡괭이질을 하는 광경이 보기 좋다. 제 무덤을 파듯 허리께까지 땅 밑으로 내려가 있는 그들을 보는 것이 좋다. 나는 이 집시들을 사랑한다. 그들의 아내와 아이들이 항시 그들이 일하는 주위를 맴돈다. 그들이 파기 시작한 구덩이를 여자 하나가 치마를 걷어올리고 넓혀가는 동안, 젊은 집시 남자가 아이를 무릎에 앉힌 채 장난을 치고 있는 광경과 심심찮게 마주친다. 그렇게 놀면서, 아이의 응석을 받아주면서, 그들은 기력을 회복하는 게 아닌가 싶다. 육체가 아닌 정신의 기력을. 실제로 그들은 감정이 몹시 풍부한 사람들이어서, 아기 예수를 안은 체코의 아름다운 성모처럼 더없이 인간적인 분위기를 띠기도 한다. 오래전에 잊힌 문화의 지혜가 가득한 그들의 커다란 눈을 보고 있노라면 정맥 속의 피가 얼어붙는다……

　우리가 아직 도끼를 들고 뛰어다니며 염소를 치던 시절, 집시들은 이 세상 어딘가에 국가를, 이미 두 차례나 쇠락을 경험한 사회구조를 갖추고 있었다. 불과 두 세대째 프라하에 정착해 살고 있는 이 집시들은 자신들이 일하는 곳에 제의의 불을 지피는 걸 좋아한다. 오로지 기쁨을 위해 타오르는 유목민의 불이다. 대충 쪼갠 장작개비들에서 피어나는, 인간의 모든 사고 이전에 존재하는 영원의 상징이며 어린아이의 웃음 같기도 한 불이다. 그것은 하늘에서 내린 선물 같은 무상無償의 불이며, 환멸에 젖은 행인은 더이상 알아챌 수 없게 된 요소들의 생생한 표징이다. 방황하는 눈과 영혼을 덥혀주려고 장작개비들을 태우며 프라하 거리의 구덩이들에서 태어난 불이다…… 눈과 영혼을 덥혀주면서 추운 날에는 손도 그렇게 녹여주는 불이라고, 나는 후센스키 주점으로 들어가면서 생각했다. 여자 종업원은 내 단지에 반 리터들이 네 컵 분량의 맥주를 채운 뒤 넘치는 거품을 내가 마시도록 잔에 따라 매끄러운 카운터에 올려두자마자 등을 돌렸다. 내가 술값을 치르려던 순간 생쥐 한 마리가 내 옷소매에서 튀어나온 게 어제 일이었으니까. 아니면 피가 덕지덕지 말라붙은 내 손이 역겨웠거나, 내가 손으로 후려쳐 짓이겨놓은 파리들이 내 이마에 끈적끈적하게 들러붙어 있었기 때문인지도. 나는 생각에 잠긴 채 여기저기 파헤쳐진 길을 걸어 돌아왔다. 터키옥색과 붉은색 치마가 성삼위일체 성당 담벼락 위에서 햇빛을 받아 어른거렸다. 사진기를 든 집시 남자가 두 발짝 뒤로 물러서서 파인더를 들여다보았다. 그는 싸구려 채색화처럼 혈색이 좋은 두 얼굴을 마지막으로 매만진 뒤 여자들의 턱을 치키며 행복한 미소를 주문했다. 그런 다음 눈을 파인더에 갖다대고 손을 흔들면서 셔터를 눌렀다. 그가 가공의 필름을 감는 동안 여자들은 그저 사진이 잘 나올 것인지만 걱정하며 아이들처럼 웃고 손뼉을 쳤다. 나는 모자를 눈 위까지 눌러쓰고 길을 건너다가 행인과 부딪쳤다. 정신이 홀랑 나간 듯한 표정의 철학 교수였다. 그는 두 개의 재떨이처럼 보이는 두꺼운 안경알을 소총의 총신처럼 겨누고 나를 바라보았다. 그러더니 잠시 망설이다가 호주머니에서 10코루나짜리 지폐 한 장을 꺼내 내 손에 쥐여주며 늘 하는 질문을 했다. "그 젊은이도 함께 있소?" 내가 그렇다고 하자 그는 평소처럼 웅얼웅얼 말을 이어갔다. "그이한테 잘해줄 거죠, 그렇죠?" 잠시 뒤 그가 우리 작업장 안마당으로 들어가는 게 보였다. 나는 얼른 뒷문으로 들어가 지하실로 내려가서는 모자를 벗고 그의 조심스러운 발걸음에 귀기울였다. 그는 벌써 소리 없이 계단을 내려오고 있었다. 나와 시선이 마주치자 그가 한숨 돌리며 물었다.

"영감은 어디 있소?"

"평소처럼 카페에 가 있어요." 내가 말했다.

"당신에게 여전히 모질게 굽니까?" 그가 용기를 내어 물었다.

"여전해요. 내가 자기보다 젊다고 질투하는 거죠." 내가 대답했다.

그러자 교수는 꼬깃꼬깃 구겨진 10코루나짜리 지폐 한 장을 내밀며 떨리는 목소리로 소곤댔다. "자, 받아요. 찾는 데 도움이 될 테니…… 나한테 뭐 줄 건 없소?" 나는 상자 쪽으로 다가가 『국내 정치』와 『국가 소식』 과년호들을 꺼내 교수에게 건넸다. 미로슬라프 루테 또는 카렐 엥겔밀러가 쓴 극평이 실린 잡지들이었다. 교수는 오 년 전에 『극장가 소식』 편집진에서 제명당하고도 1930년대 비평에 대한 관심을 놓지 않았다.

 잠깐 동안 그는 자신의 행운을 음미했다. 그러더니 잡지를 서류가방 속에 챙겨넣은 뒤 평소처럼 10코루나짜리 지폐 한 장을 내 손에 더 쥐어주고는 자리를 떴다. 계단 꼭대기에서 그가 뒤돌아보며 말했다. "찾아요. 계속 찾으시오!…… 그런데 지금은 영감과 마주치지 않았으면 좋겠군!" 그런 다음 그는 작업장 안마당으로 나갔다. 그가 방문할 때마다 그러듯, 나는 황급히 뒷문으로 나갔다. 사제관 안뜰을 지나 성 타데우스 조각상 앞에서 모자를 눈썹까지 내려쓰고서 놀라고 화가 난 얼굴로 그를 기다렸다. 담벼락에 바싹 붙어 걸어가던 교수는 나를 보자 언제나 그렇듯 겁을 집어먹었다. 하지만 다시 마음을 가다듬고 다가와 손에 지폐를 들고 애원하듯이 말했다. "그 젊은이한테 너무 심하게 하지 마시오. 왜 그 사람을 안 좋아해요? 그이한테 잘해줄 거죠, 그렇죠?" 내가 고개를 끄덕이자 그는 떠났다. 카렐 광장으로 곧장 갔어야 할 그가 사제관 안뜰로 방향을 잡은 건, 자기보다 젊은 동료를 개만도 못하게 홀대하는 늙은 폐지 압축공과의 거북한 만남을 피하기 위해서였다. 그는 길모퉁이를 돌자 바닥에 털썩 주저앉았고, 아직 눈에 띄는 서류가방만 그의 꽁무니에서 파닥이는 것처럼 보였다.

트럭 한 대가 작업장 안마당으로 후진해 들어가고 있었다. 나는 뒷문을 통해 내 지하실로 돌아왔다. 그날 작업한 꾸러미 열다섯 개가 화물용 승강기 옆에 나란히 놓여 있었다. 꾸러미들 모두가 폴 고갱의 복제화 〈안녕하세요, 고갱 씨!〉로 장식되어 저마다 눈이 부시도록 아름다운 빛을 발했다. 트럭이 벌써 와 있는 게 아쉬웠다. 연극 무대장치처럼 서로 겹쳐진 저 그림들이 얼마나 보고 싶었던지. 앵앵대는 파리들의 노곤한 합창 소리로 들뜬, 어렴풋한 배경막 같달까…… 하지만 운전사가 신호를 보내왔고, 나는 내 꾸러미들을 이동대로 하나씩 나르지 않으면 안 되었다. 그 아름다운 복제화들을 뚫어져라 바라보고 이별을 아쉬워하면서 스스로를 타일렀다. 나중에 내 압축기와 함께 은퇴하면 꾸러미는 모두 내 차지가 될 거라고. 전시회를 열거나 하지는 않겠지만, 평소에 내가 운이 없는 사람인 걸 보면 분명 누군가가, 어쩌면 외국인이 내 꾸러미를 사려고 할 거다. 그러면 가격을 매기게 될 텐데. 적어도 천 마르크는 받아야겠지. 그래도 그 외국인은 지불 능력이 있어서 나로선 짐작도 안 가는 어딘가로 내 작품을 가져가버릴 것이다. 그러면 그걸 다시 보는 행복을 영영 놓치고 말겠지…… 화물용 승강기가 내 꾸러미들을 하나씩 실어갔고, 뒤따르는 파리떼를 두고 짐꾼이 투덜대는 소리가 들렸다. 마지막 꾸러미가 떠나자 파리들도 성난 광기와 함께 모두 사라지고, 내 지하실 역시 갑자기 버림받은 처량한 신세가 되었다. 꼭 내 모습처럼. 맥주를 다섯 단지나 비운 나는 비틀대면서 사다리를 오르듯 엉금엉금 계단을 기어올라갔다. 짐꾼이 장갑을 낀 운전사의 손에 마지막 꾸러미를 떠안기자 운전사는 그걸 무릎으로 밀어 다른 꾸러미 위에 올려놓았다. 짐꾼의 푸른 작업복은 날염된 천처럼 등에 마른 핏자국이 엉겨붙어 있었다. 그가 운전사 옆에 자리를 잡자 운전사는 역겹다는 얼굴로 장갑을 벗어던지고 트럭에 시동을 걸었다. 햇빛에 반짝이는 고갱의 동일한 그림들을 보면서 나는 행복을 느꼈다. 행인들의 눈을 즐겁게 해줄 〈안녕하세요, 고갱 씨!〉였다. 울긋불긋한 이 멋진 트럭과 마주치는 행인들 모두가 기쁨을 맛보리라. 광기에 사로잡힌 파리들은 트럭과 함께 작업장 안마당을 떠났지만 스팔레나 거리의 햇빛에 다시 활기를 띠고 트럭 주위를 정신착란에 걸린 듯이 날아다녔다. 푸른색과 녹색, 금갈색의 저 미친 파리들은 큰 상자들 안에 고갱 씨와 함께 갇혀 있다가 제지 공장에서 산과 알칼리 용액 속에 용해될 운명이었다. 녀석들에겐 이미 부패한 이 피보다 더 좋은 게 세상에 없었으니까.

지하실로 도로 내려가려다가 소장과 마주쳤다. 그는 순교자연하는 얼굴로 무릎을 꿇고 마주잡은 두 손을 쳐들며 내게 애원했다. "한탸, 부탁이야. 자네한테 이렇게 무릎 꿇고 간청하네. 아직 늦지 않았으니 정신을 차리게. 그 술 단지들은 치우고 제발 일을 좀 하게. 날 그만 좀 괴롭혀. 그런 식으로 날 죽이려는 건가……" 나는 깜짝 놀라 그의 쪽으로 몸을 숙이고 그의 팔꿈치를 조심스럽게 잡으며 말했다. "진정하십시오, 소장님. 이렇게 무릎을 꿇으시다니 당치않습니다……" 그렇게 그의 몸을 일으키는데, 그가 사시나무처럼 떨고 있는 것이 느껴져 나는 또 한번 용서를 빌었다. 무얼 용서해달라는 건지 나도 알 수 없었지만 뭐, 놀랄 일도 아니었다. 늘 용서를 빌어야 하는 게 내 운명이었으니까. 내가 이렇게 생겨먹은 것에 대해, 이런 성질을 가진 것에 대해, 심지어 나 자신에게까지 용서를 빌곤 했으니까…… 나는 죄책감으로 무겁고 비참한 심정이 되어 내 지하실을 바라보면서 터키옥색 집시 여자의 온기가 아직 남아 있는 움푹한 자리에 몸을 눕혔다. 그리고 거리의 소음에, 현실의 저 아름다운 음악 소리에 귀기울였다. 건물 다섯 층에서 폐수가 쉴새없이 꾸르륵대며 빠지는 소리와 변기 물 내려가는 소리도 들렸다. 땅 밑 깊은 곳으로 주의를 돌리자 시궁창과 하수구에 콸콸 흐르는 똥과 오수의 희미한 소리도 또렷이 분간되었다. 파리떼는 떠나가고 없었지만 콘크리트 포석 밑에서 쥐들이 찍찍대며 이 도시의 모든 하수도에서 절망적인 신호를 보내고 있었다. 지하 세계의 패권을 다투는 전쟁이 변함없이 창궐해 있었다. 하늘은 인간적이지 않다. 나 자신의 밖과 안에서 이루어지는 삶 역시 마찬가지다. 안녕하세요, 고갱 씨!

5장

 내가 보는 세상만사는 동시성을 띤 왕복운동으로 활기를 띤다. 일제히 전진하는가 싶다가도 느닷없이 후퇴한다. 대장간 풀무가 그렇고, 붉은색과 녹색 버튼의 명령에 따라 움직이는 내 압축기가 그렇다. 만사는 절룩거리며 반대 방향으로 기울어지는데, 그 덕분에 세상은 절름발이 신세를 면하게 된다. 나는 삼십오 년째 폐지를 꾸리고 있다. 그런데 이 일을 제대로 하려면 대학 교육을 받았거나 적어도 제대로 된 인문학 교육을 받았어야 하리라. 최적의 조건은 신학 학위가 아닐까 싶지만. 내 직무를 이행하는 과정에서는 나선과 원이 상응하고, 프로그레수스 아드 푸투룸과 레그레수스 아드 오리기넴이 뒤섞인다. 그 모두를 나는 강렬하게 체험한다. 뜻하지 않게 교양을 쌓게 된 나는 행복이라는 불행을 짊어진 사람인데, 프로그레수스 아드 오리기넴*과 레그레수스 아드 푸투룸**도 충분히 가능하다는 걸 이제야 깨닫기 시작한다. 사람들이 저녁식사를 하며 〈프라하 석간신문〉을 읽듯이, 이제 나는 그런 생각들을 소일거리로 삼는다. 어제는 외삼촌의 장례를 치렀다. 외삼촌은 프라하 근교에 있는 집 정원에 선로 변경 초소를 두고 나무들 사이에 철로를 설치해 내게 길을 열어준 음유시인이기도 하다. 토요일과 일요일이면 오렌슈타인 & 코펠 기관차와 활기를 되찾은 작은 광차 세 대가 아이들을 싣고 달렸고, 저녁이면 친구들이 리터들이 맥주를 마시며 광차에 오르곤 했다.

  어제는 그 선로 변경 초소에서 뇌졸중으로 죽음을 맞은 외삼촌의 장례를 치렀다. 휴가철이었던지라 친구들이 모두 숲과 호수로 떠나고 없는 사이 돌연사한 삼촌은 7월의 폭염 속에 보름이나 초소에 방치되어 있었다. 한 기계공이 삼촌을 발견했을 때는 이미 시신에 파리와 구더기가 들끓었고 몸이 과하게 숙성한 카망베르 치즈처럼 리놀륨 바닥에 녹아내려 있었다. 장의사 일꾼

---

  * progressus ad originem. '근원으로의 전진'이라는 뜻.
  ** regressus ad futurum. '미래로의 후퇴'라는 뜻.

들이 삼촌의 옷에 남아 있던 몇 가지 유품만 수습해 서둘러 나를 찾아왔다. 나는 럼주 한 병의 힘을 빌려 바다에 녹아내린 삼촌의 유해를 삽과 흙손으로 긁어내야 했다. 평소에 내 지하실에서 하던 대로, 삼촌의 몸의 마지막 흔적을 정성껏 거두어 모았다. 그런데 고속도로에서 차바퀴에 깔린 고슴도치처럼 바닥에 들러붙은 붉은 머리털을 긁어내기가 여간 힘들지 않아서 쇠막대를 가져다가 한 올 한 올 걷어내야 했다. 그렇게 수습한 것들을 관 속에 놓인 삼촌의 옷에 몽땅 쑤셔넣었다. 그리고 아직 못에 걸려 있는 철도원 모자를 삼촌의 머리에 씌우고 삼촌의 손가락 사이에는 이마누엘 칸트의 아름다운 글귀를 끼워넣었다. "나의 생각을 언제나 더 크고 새로운 감탄으로 차오르게 하는 두 가지가 있다⋯⋯ 내 머리 위의 별이 총총한 하늘과, 내 마음속에 살아 있는 도덕률이다⋯⋯" 언제 읽어도 변함없는 감동을 불러일으키는 글귀였다. 하지만 나는 곧 마음을 고쳐먹고 젊은 칸트의 책을 들척이다가 더 아름다운 문장을 찾아냈다. "여름밤의 떨리는 미광이 반짝이는 별들로 가득하고 달의 형태가 정점에 이르는 순간, 나는 세상에 대한 경멸과 우정, 영원으로 형성된 고도의 감각 속으로 서서히 빠져든다⋯⋯" 그리고 나서 나는 삼촌의 벽장 문을 열었다. 삼촌이 수집한 물건들이 그대로 있었다. 삼촌이 내게 곧잘 보여주었지만 나로선 흥미를 느낄 수 없었던 색색의 고철이 상자마다 가득했다. 삼촌은 역무원으로 일하던 시절에 종종 재미삼아 구리나 놋쇠, 쇠, 주석 같은 금속 조각을 선로 위에 놓아두었다가 기차가 지나간 뒤에 괴상한 형태로 우그러든 것들을 저녁이면 자전거를 타고 다니며 주워모았다. 이 금속 조각들에는 그 모양새가 연상시키는 것에 따라 하나하나 이름을 붙였다. 동양의 나비들을 수집해놓은 것 같기도 하고, 사탕을 쌌던 알록달록한 은박지들처럼 보이기도 했다. 내가 상자에 담긴 것들을 관 속에 차례로 쏟아부어 삼촌의 몸을 귀한 쇠붙이들로 치장한 뒤에야 장의사 일꾼들이 관 뚜껑을 닫았다. 기가 막히게 아름다운 꾸러미를 만들 때처럼 내가 그 일에 공을 들인 덕에 삼촌은 고관대작처럼 잠들 수 있게 된 것이다. 그런 다음에야 나는 내 지하실로 돌아와 곳간의 사다리를 내려가듯 뒷걸음질로 계단을 내려왔고, 맥주를 섞은 럼주를 들이켠 뒤 무형의 축축한 종이 반죽을 뜯어내기 시작했다. 생쥐들이 우글대는, 구멍이 숭숭 뚫린 에멘탈 치즈처럼 되어버린 덩어리였다. 나는 술을 한 모금씩 삼키며 그 혐오스럽고 걸쭉한 덩어리를 내 압축통 속에 집어넣었다. 그런 식으로 생쥐들이 지나다니는 통로를 무너뜨리고 거주지를 망가뜨리면서 그들의 보금자리를 송두리째 쑤셔넣었다. 이틀 안에 일을 끝내고 내 지하실을 말끔히 비워야 했다. 이틀 뒤에 재고 조사가 예정되어 있어 작업장은 문을 닫은 상태였다. 매일 저녁 폐지 더미에 호스를 갖다대어 적실 때는 이 모두가 이처럼 조밀한 점착성 물질로 엉길 거라고는 꿈도 꾸지 못했건만, 종잇조각과 꽃, 책 들이 산더미 같은 무게에 짓눌려 압축기에서 나오는 내 꾸러미보다 더 납작해져 있었다. 정말이지 이 일을 제대로 하려면 신학자였어야 하리라! 마지막 재고 조사 이후로 여섯 달 동안 전혀 관심을 두지 않았던 폐기물 더미였다. 폐지는 늪지 속의 오래된 나무뿌리처럼 천천히 썩어갔다. 유리 덮개 밑에 반년은 잊고 방치해두어 누렇게 변색하고 마른 빵처럼 딱딱해진 치즈랄까, 그렇게 쉰내를 풍겼다. 나는 밤늦게까지 일하다가 이따금 머리를 식히려고 배기갱으로 가곤 했다. 그곳에서는 오 층짜리 건물을 통과하는 좁다란 수직 갱도 꼭대기에, 일찍이 젊은 칸트가 보았던 '별이 총총한 하늘' 한 자락이 멀찌감치 보였다. 나는 손잡이 달린 맥주 단지를 들고 엉금엉금 기어서 뒷문으로 황급히 맥주를 사러 나갔다가 내 지하실까지 비틀거리며 돌아왔다. 지하실 탁자 위에는 희미한 전구 불빛 아래 내가 펼쳐둔 『천계론』이 놓여 있었다.

화물용 승강기 옆에는 내가 만든 꾸러미들이 보초를 서고 있었다. 그날, 나는 빈센트 반 고흐의 축축이 젖은 〈해바라기〉 복제화 백여 점을 처리하고 난 참이었다. 푸른 바탕의 노란 꽃들로 인해 꾸러미들의 옆구리가 금빛과 오렌지빛으로 반짝였다. 압착된 생쥐들과 녀석들의 은신처, 썩어가는 종이에서 발산되는 악취가 그 덕분에 다소 진정된 느낌이었다. 녹색 버튼과 붉은색 버튼을 누르면 압축판이 전진하거나 후진했다. 기계가 멈출 때마다 나는 술을 마시며 칸트의 『천계론』을 읽었다. 한 불멸의 정신이 침묵 속에서, 밤의 절대적인 침묵 속에서, 그때까지 상상도 할 수 없었던 언어로 말하고 있었다. 물론 이해할 수는 있지만 정녕 설명할 수는 없는 개념들이다. 너무도 놀라운 글귀들이어서 나는 저 높은 곳의 별이 총총한 하늘 한 자락을 보려고 건물의 배기갱까지 뛰어가야 했다. 그러고 나면 역겨운 종이 더미와 솜뭉치에 둘러싸인 생쥐 가족들에게로 돌아왔고, 그들을 갈퀴로 찍어 압축통 속에 던져 넣었다…… 폐지를 압축하는 사람 역시 하늘보다 인간적이라고는 할 수 없다. 그건 일종의 암살이며 무고한 생명을 학살하는 행위이지만, 그래도 누군가 하지 않으면 안 되는 일이다…… 그 전주에 나는 내 꾸러미들을 모두 피터르 브뤼헐의 그림으로 감쌌는데, 오늘은 반 고흐의 〈해바라기〉로 에워쌌다. 노랑과 금색의 과녁과 소용돌이가 내 비극적인 감정을 고조시켰다. 그렇게 나는 내 작품을 생쥐들의 무덤들로 수놓았다. 매 순간 일손을 멈추고 『천계론』을 읽으며 짤막한 글귀들을 낚아채 캐러멜처럼 빨아먹으면서 장엄한 미에 도취되었다. 무한한 다양성이 사방에서 나를 엄습해왔다. 머리 위로는 뻥 뚫린 배기갱 너머로 별이 총총한 하늘이 보였고, 발밑에서는 프라하의 하수구와 시궁창마다 두 쥐 종족 간에 전쟁이 벌어지고 있었다. 스무 개의 꾸러미가 해바라기의 환한 빛을 발하며 스무 량의 화차로 연결된 열차처럼 화물용 승강기를 향해 나아갔다. 꽉 찬 내 압축통 안에서는 수평 나사 밑에서 생쥐들이 잔인한 수고양이의 노리개가 되었을 때처럼 외마디 비명조차 지르지 못한 채 풀죽이 되어갔다. 자비로운 자연이 공포를 열어 보이는 순간, 그때까지 안전하다고 여겨졌던 모든 것이 자취를 감춘다. 진실이 드러나는 순간, 고통보다 더 끔찍한 공포가 인간을 덮친다. 이 모두가 나를 망연자실하게 만들었다. 그렇게나 시끄러운 내 고독 속에서 이 모든 걸 온몸과 마음으로 보고 경험했는데도 미치지 않을 수 있었다니, 문득 스스로가 대견하고 성스럽게 느껴졌다. 이 일을 하면서 전능의 무한한 영역에 내던져졌음을 깨닫고는 놀라움을 금할 수 없었다. 희미한 전구 불빛이 지하실을 비추었고, 녹색이나 붉은색 신호가 들어오면 압축판이 전진하거나 후진했다. 이제 마지막으로 남은 것을 해치울 차례였다. 고된 작업도 막바지에 이르러, 점토처럼 변해버린 종이 더미를 무릎을 이용해 삽으로 긁어모았다. 축축하고 끈적거리는 물질을 마지막으로 한 삽 퍼서 던지자니, 이 도시의 하수도 깊은 곳에 버려진 시궁창 밑바닥을 긁어내는 청소부라도 된 기분이었다. 나는 마지막 꾸러미 안에 『천계론』을 활짝 펴서 올려두었다. 꾸러미를 철사로 단단히 동여맨 뒤

굴려서 이동대에 싣고 같은 모양의 다른 꾸러미들에 합류시켰다. 그리고 나서 양팔을 늘어뜨리고 계단에 털썩 주저앉자, 흔들리는 두 손이 차가운 시멘트 바닥에 닿았다. 스물한 송이의 해바라기가 어두운 지하 은신처를 훈훈하게 덥혀주었다. 생쥐 몇 마리가 자신들의 종이 은신처를 잃고 여기저기서 떨고 있었다. 그중 하나가 돌연 내 앞을 막아서더니 위협적인 공격 자세로 펄쩍 뛰어올라 나를 물어 넘어뜨리려 했다. 아니면 그저 상처를 입히려고 한 것인지도. 그 가냘픈 몸이 혼신의 힘으로 덤벼들며 내 축축한 신발창에 이빨을 박았다. 녀석이 덤빌 때마다 나는 슬그머니 밀어냈지만 녀석은 지칠 줄 모르고 다시 공격을 감행했다. 그러다 결국 힘이 다하자 구석에서 몸을 도사린 채 나를 빤히, 내 눈을 뚫어지게 들여다보았다. 나는 사시나무처럼 떨다가 녀석의 시선에서 별이 총총한 하늘을 능가하고 내 영혼에 깃든 도덕률을 능가하는 무언가를 보았다. 그 순간 청천벽력처럼 눈앞에 아르투어 쇼펜하우어가 나타났…… 사랑은 지고의 율법이며, 이런 사랑은 연민이다. 쇼펜하우어가 거친 헤겔을 그토록 혐오했던 이유가 문득 이해되었다. 그래도 두 사람 다 서로 대적하는 군대를 지휘하지는 않았으니 얼마나 다행한 일인가. 둘 사이의 전쟁도 프라하의 하수도에서 벌어지는 쥐 종족 간의 전쟁만큼이나 참혹할 수 있었을 테니까. 그날 밤 나는 기진맥진해서 2톤의 책을 머리에 인 침대에 비스듬히 누워 있었다. 희미하게 불을 밝힌 거리에서 어둠침침한 빛이 새어들어왔다. 허술하게 이어붙인 달집 모양의 선반 판자들 사이로 책등들이 보였다. 난데없이 무언가를 갉아대는 소리가 정적을 깨뜨렸다. 생쥐들이었다. 생쥐들이 내 침대의 천개를 갉아먹고 있었다. 바스락대는 희미한 소리. 크로노미터가 규칙적으로 째깍대는 소리. 아직은 몇 권의 책에 한정된 이 소리에 나는 깜짝 놀라 심장이 얼어붙는 것 같았다. 그에 생쥐 몇 마리가 있다면 얼마 안 가서 녀석들의 보금자리를 찾게 될 테고, 몇 달 뒤에는 그 무리는 물론 부락도 발견될 것이다. 녀석들은 기하급수적으로 증식해 일 년 후면 쥐들의 도시 하나가 내 서가를 공략해올 테고, 또 그리 멀지 않은 언젠가는 한 차례 부주의한 스침이나 숨결만으로도 2톤의 책이 천개에서 굴러떨어져 내 머리를 덮칠 것이다. 내가 만든 꾸러미들 속에서 으깨어졌던 생쥐들로서는 통쾌한 설욕이 아닐 수 없겠지! 나는 갉작대는 소리에 넋이 나가 선잠이 든 상태로 누워 있었다. 그러자 은하수 모양의 어린 접시 여자 하나가 내 몽상의 물결 위로 어김없이 나를 만나러 왔다. 내 젊은 시절의 사랑. 발레리나처럼 한쪽 다리를 뒤로 뺀 채 카페 문간에서 언제나 나를 기다리던 조용하고 순진한 접시 여자. 오랫동안 잊고 지냈던, 내 젊은 시절을 매혹한 아름다움. 땀과 기름기로 번들대던 그녀의 몸에서는 포마드와 사향 냄새, 코를 찌르는 사냥감 냄새가 났었다. 그 몸을 애무할 때마다 손가락으로 버터를 만지는 느낌이었다. 그녀가 입고 있던 볼썽사나운 단벌 드레스는 소스와 국물로 얼룩져 있었다. 그리고 건물 잔해 속에서 널빤지들을 주워 집까지 날라오느라 그녀의 어깨에는 석회와 썩은 나무 자국이 길게 나 있었다. 그녀를 처음 만난 건 전쟁이 막바지에 이르렀을 즈음이었다. 나는 카페를, 그렇다, 카페 호르키를 나선 참이었다. 그녀가 내 뒤를 한 발짝도 놓치지 않고 바짝 따라왔다. 기다리게 하거나 나보다 앞서는 일도 없이, 종종걸음으로 소리 없이 뒤따라왔다. 교차로에 다다른 순간 내가 어깨 너머로 돌아보며 말했다. "잘 가요. 난 이제 저리로 가야 해요." 그러자 그녀는 자기도 그 길로 간다고 했다. 루드밀라 거리로 접어들며 그녀를 떼어놓을 심산이었지만 그녀도 그리로 간다고 했다. 나는 일부러 '희생'이라 불리는 장소에 이르러 그녀에게 작별을 고하려고 했다. 그런데 웬걸, 그녀도 나와 같은 길로 간다고 했다. 결국 우리는 내가 사는 '영원'이라는 이름의 강기슭까지 함께 걸었다. 그렇게 그녀는 내 아파트 가로등 밑까지 따라왔다. "잘 가요." 나는 그녀에게 작별을 고했지만, 그녀는 자기도 거기 산다고 했다. 그래서 그녀가 들어가도록 비켜서주었는데 그녀는 내가 먼저 들어가는 걸 보겠다고 고집을 피웠다. 하는 수 없이 나는 어두운 복도로 들어섰고, 마당 계단을 내려가 문에 열쇠를 꽂았다. 그런 다음 뒤돌아서서 그녀에게 잘 가라고 했다. 하지만 그녀는 거기가 자기 집이라고 했고, 결국 내 집에 들어와 나와 한 침대에서 잠을 잤다. 아침에 일어나보니 침대에 아직 그녀의 온기가 남아 있었지만 그녀는 사라지고 없었다. 그날 이후로 나는 일부러 밤이 되어서야 귀가했다. 그래도 그녀는 건물 잔해 속에서 건져낸 벌레 먹은 들보며 회칠이 된 널빤지를 창문 밑에 한 무더기 쌓아두고는 문 앞에 앉아 나를 기다렸고, 내가 오면 고양이처럼 날쌔게 방안으로 미끄러져 들어왔다. 내가 단지를 들고 맥주 5리터를 사러 나간 사이 그녀는 내 작은 쇠난로를 하얗게 달구어놓았다. 예전에 대장간으로 쓰였던 내 방은 방문이 열려 있어도 큼직한 연통 덕에 난로가 그르렁대며 잘도 타올랐다. 매일 저녁 그녀는 감자를 넣은 쇠고기 스튜와 말고기 소시지로 같은 메뉴의 식사를 차렸고, 식사가 끝나면 난롯가에 앉아 난로에 장작을 쑤셔넣었다. 넘실대는 노란빛이 그녀의 어깨와 목을 비추고, 불의 열기에 싸인 변화무쌍한 옆모습이 촉촉한 금빛 땀으로 인해 한층 선명히 드러나 보였다. 옷을 입은 채 침대에 누워 있던 나는 가끔씩 일어나 맥주를 단지째 들이켠 뒤 그녀에게도 내밀었다. 그러면 그녀는 양손으로 커다란 단지를 받아들고 마셨는데, 목구멍으로 꼴깍꼴깍 맥주 넘어가는 소리가 아련한 펌프 소리처럼 들렸다. 처음에 나는 그녀가 항시 불을 지피고 있는 모습을 보며 내 마음을 사기 위해 그러는 줄 알았다. 하지만 아니었다. 불은 그녀 안에 있었다. 타오르는 불꽃이 없다면 그녀는 살 수 없었을 게 분명하다. 그렇게 나는 이름도 모르는 그 집시 여자와 함께 살았다. 그녀도 내 이름을 알려고 하지 않았고, 그럴 필요도 느끼지 않았다. 저녁마다 우리는 말없이, 마치 약속이나 한 듯 다시 만났다. 그녀는 내 집 열쇠를 가져본 적이 없었다. 내가 시험 삼아 자정 넘어 귀가한 적도 있는데, 그때마다 문을 열기 무섭게 슬그머니 그림자 하나가 끼어들어왔다. 그녀가 곧 성냥을 그어 종이에 불을 붙일 테고, 얼마 안 가 난로에서는 그녀가 집어넣은 장작이 타며 불꽃이 될 것이었다. 창문 밑에는 그녀가 정성껏 쌓아둔 장작이 한 달 치나 있었다. 전구 불빛 아래서 조용히 빵을 쪼개는 그녀는 마치 성체를 받아 모시는 사람 같았다. 그녀가 치맛자락에 빵 부스러기를 모아 담아 경건한 몸짓으로 불 속에 던져 넣었다. 그러고 나면 우리는 불이 모두 꺼진 방안에 누워 천장에 눈길을 고정한 채 빛과 그림자가 춤추듯 일렁이는 모습을 지켜보았다. 자리에서 일어나 탁자 위에 놓인 맥주 단지를 집어들라치면 해초와 수중식물로 가득한 수족관에 와 있는 기분이었다. 아니면 보름달 밤에 깊은 숲속에서 흔들리는 그림자들과 함께 있는 듯한 느낌이랄까. 나는 맥주를 마시며 알몸의 집시 여자를 바라보았고, 그녀는 흰자위가 반짝이는 눈으로 내게서 시선을 떼지 않았다. 환한 조명보다 이런 어스름 속에서 우리는 서로를 더 자세히 볼 수 있었다. 사실 나는 땅거미가 지는 해질 무렵을 너무도 사랑했다. 하루 중에서 무언가 굉장한 일이 닥칠 것만 같은 기분에 젖는 유일한 순간이었다. 이런 불확실한 시각에는 모든 거리와 장소가 평소보다 더 근사해 보였다. 사람들의 표정도 명상에 잠긴 듯 온화해졌고, 그 순간만은 나 역시 아름다운 청년이 된 것 같은 환상에 빠졌다. 거울이나 상점 진열창을 힐끗거리면 주름살 하나 없는 내 모습이 보였고, 놀란 내 손가락들이 얼굴을 더듬었다…… 날마다 해질녘이면 아름다움을 향해 가는 문이 열렸다. 반쯤 열린 난로 속에서 잉걸불이 붉게 타올랐다. 집시 여자가 일어나 다시 장작을 집어넣었다. 카렐 광장에 자리한 성당의 이그나티우스 로욜라 성인처럼 그녀의 몸이 금빛 후광으로 빛났다. 그녀는 내 몸 위에 길게 엎드려 내 얼굴을 들여다보면서 손가락 하나로 내 코와 입술 선을 따라 그리며 간간이 입을 맞추었다. 우리는 손으로 모든 것을 말하며 망가진 쇠난로에서 타는 불똥을 응시하면서 그렇게 누워 있었다. 난로는 꺼져가는 장작이 나선형 불빛을 토해내는 동굴처럼 보였다. 우리는 그렇게 영원히 사는 것 외에는 달리 바라는 것이 없었다. 이 모든 것에 대해 이미 오래전에 서로 합의를 본 것 같았다. 이 세상에 함께 온 우리는 한 번도 서로를 떠난 적이 없었던 것 같았다.

종전이 있기 전 해의 어느 가을날, 나는 푸른 종이며 굵은 실뭉치, 풀을 사서 일요일 하루를 꼬박 바쳐 연 하나를 만들었다. 집시 여자는 맥주 단지를 들고 쉴새없이 오갔다. 나는 연이 하늘로 곧장 오르도록 균형을 잡았고, 집시 여자는 내가 시키는 대로 연의 긴 꼬리에 반짝이 종이를 붙였다. 그런 다음 우리는 '민둥산'으로 떠났다. 나는 하늘로 연을 띄운 다음 연이 움직이지 않도록 연줄을 꽉 쥐었다. 연은 꼬리만 일렁이며 커다란 S자를 그렸다. 집시 여자가 양손으로 얼굴을 가렸는데 놀라 휘둥그레진 두 눈이 손가락 사이로 보였다…… 우리는 이제 자리에 앉아 있었다. 나는 연줄을 잡은 손의 힘을 풀고 그녀에게 연을 넘겨주었다. 그러자 그녀는 연이 하늘로 자기를 낚아채갈 거라고, 성모마리아처럼 곧장 천국으로 데려갈 거라고 소리쳤다. 나는 그녀의 목에 팔을 두르고 말했다. 둘이 함께 날아오르면 되지 않느냐고…… 그래도 그녀는 내 어깨에 머리를 기댄 채 내게 연줄을 돌려주었다. 그 순간, 연을 이용해 메시지를 보내자는 묘안이 내 머릿속을 스쳤다. 하지만 그녀는 하늘로 날아올라 다시는 나를 볼 수 없게 될지도 모른다는 생각에 겁을 먹어 연줄을 다시 받아들려고 하지 않았다. 하는 수 없이 나는 연줄을 감은 막대를 땅에 꽂은 뒤 수첩을 한 장 떼어 연줄에 꿰었다. 집시 여자는 단속적으로 흔들리며 올라가는 메시지를 향해 양손을 내민 채 탄성을 질렀다. 연은 힘차게 날아올랐고, 저 위에서 불어오는 바람 한줄기 한줄기가 내 손끝을 통해 온몸으로 스며들었다. 그 순간, 메시지가 마침내 연의 뾰족한 모서리에 부딪혔다. 한 차례 충격이 내 안에 전달되는가 싶더니 발끝에서 머리끝까지 전율이 훑고 지나갔다. 순식간에 연은 성부 하느님이 되었고, 나는 그분의 아들인 성자, 그리고 연줄은 인간과 하느님의 중재자인 성령이 되었다. 그러고도 연은 여러 차례나 하늘로 솟구쳤다. 그제야 집시 여자는 용기를 내어 연줄을 잡았다. 휘몰아치는 바람을 받아 흔들리는 연을 보며 내 곁에서 떨고 있었다. 한 손가락에 연줄을 감은 채 환호성을 터뜨렸다…… 하지만 어느 저녁, 집에 돌아왔는데 그녀가 보이지 않았다. 나는 불을 켠 뒤 밖에서 그녀를 기다렸다. 새벽까지 기다렸지만 헛일이었고, 그녀는 돌아오지 않았다. 다음날도 그다음날도 마찬가지였다. 두 번 다시 그녀를 볼 수 없었다. 한 개비 장작처럼, 성령의 숨결처럼 단순했던 내 어린 집시 여자. 내 난로에 불을 지피는 것 외에는 아무것도 바라지 않았던 여자. 건물 잔해 속에서 찾아낸 무거운 널빤지들을 커다란 나무 십자가처럼 어깨에 메고서 끌고 오던 여자. 감자 스튜와 말고기 소시지면 족했고, 난로에 불을 지피고 가을 하늘에 커다란 연을 날리는 것 외에는 더이상 바라는 게 없었던 여자.

나중에, 훨씬 나중에야 나는 게슈타포가 그녀를 다른 집시들과 함께 체포해 강제로 끌고 갔다는 사실을 알게 되었다. 그녀는 마이다네크 혹은 아우슈비츠의 어느 소각로에서 태워져 다시는 돌아오지 못했다. 하늘은 인간적이지 않다. 하지만 그 시절의 나는 아직 인간적이었다…… 전쟁이 끝나도 그녀가 돌아오지 않기에 나는 마당에서 연을 태웠다. 더는 이름이 기억나지 않는 그 어린 집시 여자가 반짝이 종이로 장식했던 긴 연꼬리와 연줄도 함께. 전쟁이 끝나고 한참 뒤인 1950년대에 내 지하실은 나치 문학에 파묻혀 있었다. 동일한 주제가 반복되는 수톤이나 되는 책과 팸플릿을 나는 열성을 다해 파기했다. 내 어린 집시 여자의 감미로운 소나타에 이끌려서. 착란과 황홀경에 빠져 경례를 붙이는 남자들과 여자들의 사진이 수백 쪽에 이르는 책장을 뒤덮고 있었다. 노인, 노동자, 농부, 친위대원, 군인, 누구 할 것 없이 모두가 열정적인 경례를 붙였다. 나는 해방된 그단스크로 입성하는 히틀러와 그의 수행원들이 내 압축통 속에서 사라지도록 온전히 내 일에 몰입했다. 해방된 바르샤바와 해방된 파리, 빈과 프라하로 입성하는 히틀러, 혼자 있는 시간의 히틀러, 추수감사절의 히틀러, 히틀러와 그의 경호견, 전선의 군인들을 방문중인 히틀러, 대서양 장벽을 순찰중인 히틀러, 동유럽과 서유럽의 점령 도시로 향하는 히틀러, 참모부에서 지도를 들여다보는 히틀러…… 나는 이 히틀러와 열광하는 남녀들과 아이들을 파쇄하고 짓이겼는데,

그럴수록 나의 집시 여자가 더 간절히 생각났다. 열광이라고는 모르던 여자. 내 난로에 불을 지펴 자신의 스튜를 끓이고 내 맥주 단지를 채우는 것 외에는 아무것도 바라지 않던 여자. 빵을 성체처럼 쪼개고, 그런 다음에는 난로와 불꽃과 열기, 타닥타닥 타오르는 감미로운 불길을 보며 명상하는 것 외에는 바라는 것이 없던 여자. 이 불의 노래는 그녀가 유년기부터 알아왔고 그녀의 종족을 신성한 유대감으로 묶어주던 것이었다. 그 빛은 사람들의 얼굴에 우수 어린 미소를 그려넣으며 모든 고통을 물리치는 것이었고, 그녀에게는 절대적인 행복의 그림자였다……

침대에 등을 대고 비스듬히 누워 있는데 아주 작은 생쥐 한 마리가 내 가슴팍 위로 떨어져 미끄러지듯 달아나 몸을 숨겼다. 내 가방이나 외투 호주머니에 두세 마리가 딸려온 게 틀림없었다. 마당에 변기 냄새가 가득 퍼져 있는 것을 보니 곧 비가 퍼붓겠다 싶었다. 술과 노동으로 멍해진 나는 손가락 하나 까딱할 수 없었다. 이틀 동안 내 지하실을 청소하며 생쥐들을 희생시킨 참이었다. 그저 책이나 갉아먹고 폐지 더미에 뚫린 구멍 속에 살며 그 작은 둥지 안에서 새끼들을 낳고 키우는 것 외에는 아무것도 바라지 않는 소박한 짐승들인데. 추운 밤이면 내 품안에서 공처럼 옹크렸던 내 어린 집시 여자처럼 몸을 사린 생쥐들이다. 하늘은 인간적이지 않다. 그래도 저 하늘을 넘어서는 무언가가, 연민과 사랑이 분명 존재한다. 오랫동안 내가 잊고 있었고, 내 기억 속에서 완전히 삭제된 그것이.

6장

 삼십오 년 동안 나는 내 압축기에 종이를 넣어 짓눌렀고, 삼십오 년 동인 이것이 폐지를 제거하는 유일한 방법이라 믿어왔다. 그런데 이제 부브니에서는 엄청난 크기의 수압 압축기 한 대가 내 압축기 스무 대 분량의 일을 해낸다는 걸 알게 되었다. 게다가 목격자들의 증언에 따르면, 그 거대한 기계는 삼백 내지 사백 킬로그램들이 꾸러미들을 만들어 회전식 기중기를 이용해 화물열차 차량으로 운반했다. 나는 마음속으로 다짐했다. '직접 가서 봐야 해, 한탸, 그렇게 방문하는 게 예의지.' 그런데 실제로 부브니에 가서 윌슨 역만한 넓은 유리 홀을 보고 괴물 같은 압축기가 노호하는 소리를 듣자 전율이 내 온몸을 훑고 지나갔다. 그 기계를 차마 눈뜨고 볼 수 없어 한순간 그곳에 멈춰 선 채 흐릿한 눈길로 신발끈을 고쳐 맸다…… 폐지 더미 속에서 희귀한 서적의 책등과 표지를 발견하는 그 놀라운 순간이 내게는 언제나 축제나 다름없었는데 말이다. 그 즉시 책을 집어들지는 않았다. 플란넬 헝겊을 집어들고 우선 내 압축기의 굴대를 닦은 뒤 내 힘을 다스리며 종이 더미를 흘끗 바라보았다. 그러고 나서야 그 멋진 책을 펼쳐 들면, 제대 앞에 선 신부新婦의 부케처럼 책이 내 손가락 사이에서 떨고 있는 것이 느껴졌다.

  동네 클럽에서 내가 아직 축구 시합을 하던 시절에도 같은 일을 경험했었다. 아래주점 담벼락에 선수들의 명단이 나붙는 건 목요일이라는 걸 알면서도 나는 수요일이면 벌써 그곳을 찾았다. 자전거에 올라탄 채 가슴이 두근댔지만 차마 유리를 씌운 게시판을 들여다볼 용기는 나지 않았다. 그저 열쇠 구멍이나 살피며 우리 클럽의 이름을 한참 동안 입안에서 굴린 다음에야 슬그머니 명단 쪽으로 눈길을 주었는데, 그곳엔 어김없이 지난주 명단이 그대로 붙어 있었다. 아직 수요일이었으니까. 다음날 나는 그곳에 다시 와서 마음을 가다듬고 천천히 일군 선수 명단과 대기자 명단, 청소년 팀 명단을 읽어나갔다. 대기자 명단에 든 내 이름이 눈에 띄면 가슴이 벅차올랐다.

그랬던 내가 지금은 부브니에서 그 시절 그 순간처럼 동요하고 있었다. 성니콜라우스 성당의 거대한 제대처럼 천창의 창유리 높이까지 우뚝 솟은 기계를, 마침내 마음을 단단히 먹고 쳐다보았다. 상상을 초월하는 크기의 압축기였다. 홀레쇼비체 발전소 화상火床에 느릿느릿 석탄을 쏟아놓는 컨베이어처럼 폭이 넓고 기다란 벨트가 흰 종이와 책들을 천천히 실어날랐다. 작업중인 젊은 남녀 노동자들은 나를 비롯해 내가 아는 어떤 폐지 압축공의 복장과도 닮지 않은 특이한 옷차림이었다. 그들은 오렌지색이나 푸른색 장갑을 끼고 노란 미국식 캡을 쓰고 있었다. 가느다란 멜빵이 등에서 십자로 교차하는 작업복은 티셔츠와 터틀넥의 색상을 돋보이게 했다. 전구 불은 어디에도 보이지 않고 천창으로 햇빛이 쏟아져 들어왔으며, 천장에선 환풍기가 윙윙댔다…… 무엇보다 그들이 낀 장갑에 나는 모욕을 느꼈다. 종이의 감촉을 더 잘 느끼고 두 손 가득 음미하기 위해 나는 절대로 장갑을 끼지 않았으니까. 그러나 이곳에서는 그런 기쁨에, 폐지가 지닌 비길 데 없이 감각적인 매력에 아무도 마음을 두는 것 같지 않았다. 바츨라프 광장의 에스컬레이터를 탄 사람들처럼, 책들은 컨베이어 벨트를 타고 올라가 스미호프 양조장의 가마솥만큼이나 거대한 가마솥 안으로 미끄러져 들어갔다. 저 끔찍한 용기가 가득차면 벨트가 멈추었고 거대한 수직 나사가 천장에서 내려와서는 무시무시한 힘으로 종이를 짓누른 뒤 지친 탄식을 내뱉으며 천장으로 도로 올라갔다. 그러고 나면 모든 게 다시 시작되었다. 벨트가 흔들리며 카렐 광장의 분수대만큼이나 커다란 타원형 용기 속으로 종이를 밀어넣었다…… 책더미들이 여기서 몽땅 파괴되었다. 나는 이제 마음을 추스르고 유리벽 너머로 트럭들이 손때 묻지 않은 새 책들을 쏟아놓는 광경을 목격하고 있었다. 그 책들은 어느 누구의 눈이나 마음, 머리도 오염시키지 못한 채 쓰레기통으로 직행했다.

   노동자들이 꾸러미를 열어 깨끗한 책들을 꺼내 표지를 뜯어낸 뒤 내용물을 컨베이어 위로 던졌다. 떨어지는 책들이 내장을 드러내며 여기저기 펼쳐졌지만 책장을 들춰보는 이는 아무도 없었다. 사실 그건 불가능한 일이기도 했다. 멈출 줄 모르는 컨베이어를 내가 내 압축기를 다루듯 할 수는 없을 테니까. 부브니에서는 그렇게 비인간적인 일을 해치우고 있었다. 그 일은 저인망 고기잡이를, 물고기 선별 작업을 상기시켰다. 배 안에 숨겨진 통조림 제조 라인에서 생을 마감하는 물고기들이었다. 물고기나 책이나 모두 매한가지다…… 대담해진 나는 압축통을 에워싼 승강대 위로 기어올라가보았다. 한 번에 5만 리터의 맥주를 생산해내는 스미호프 양조장에서처럼 그곳을 어슬렁거리면서, 공사가 진행 중인 집의 비계 위에 올라선 것처럼 난간에 기대어 홀을 내려다보았다. 발전소에서나 볼 수 있는 제어판이 색색의 버튼 십여 개를 달고 반짝였다. 우리가 손안의 전차표를 무심코 움켜쥐듯 수직 나사가 쓰레기들을 눌러 압착했다. 나는 겁에 질려 주위를 둘러보았다. 노동자들의 옷이 햇빛에 환히 빛났다. 스웨터들과 캡들이 앵무새나 꾀꼬리, 물총새의 깃털처럼, 요란한 색깔의 향연 속에 길을 잃고 있었다. 소름 끼치는 일은 그것만이 아니었다. 순식간에 나는 상황을 정확히 이해했다. 저 거대한 압축기가 다른 모든 압축기에 치명타를 가할 것이고, 내가 몸담고 있는 직업에도 상이한 유형의 사람들과 작업 방식으로 새로운 시대가 열릴 것이었다. 실수로 그곳에 버려진 책들과 사소한 기쁨도 끝이었다! 뜻하지 않게 교양을 쌓게 된 나처럼 늙은 압축공들이 누렸던 좋은 시절도 끝이 나고 만 것이다! 이제 사람들은 다른 방식으로 사고하게 되었으니까. 매 꾸러미에서 책을 한 권씩 골라 보너스로 준다 해도 나는 거기서 끝장이었고, 내 친구들도 마찬가지였다. 책 속에서 근본적인 변화의 가능성을 찾겠다는 열망으로 우리가 종이 더미에서 구해낸 장서들도 모두 끝장이었다. 그러나 내 용기를 결정적으로 꺾어놓은 건 그 젊은이들이었다. 양다리를 벌린 채 손을 허리에 갖다대고 우유와 코카콜라를 병째 들이켜는 젊은이들. 더럽고 지친 늙은 일꾼이 일감에 매달려 혼신의 힘으로 맞붙었던 시절은 완전히 끝이 나고 만 것이다! 새 인간, 새

방식과 더불어 바야흐로 새 시대의 막이 오른 것이다. 우유를 수리터씩 들이켜며 일한다는 건 얼마나 끔찍한 일인가. 암소들이라면 갈증이 나서 죽을지언정 우유라면 한 모금도 마시려 하지 않을 텐데. 나는 차마 눈뜨고 볼 수 없는 그 광경에서 눈길을 돌려 기계의 수압에서 야기되는 결과를 보기 위해 압축기 주위를 서성거렸다. 올샤니 묘지의 부유한 가족 무덤이나 베르트하임가(家)의 내화성 금고만큼이나 커다란 꾸러미가 회전식 기중기 용기에 혼자 올라앉았다. 그러자 도마뱀처럼 생겨먹은 기중기가 요동을 치며 돌아서더니 꾸러미를 곧장 화물차량에 실었다. 나는 손차양을 하고서 그 모든 것을 지켜보았다. 노동에 닳고 포도나무 가지처럼 옹이가 진 더러운 손. 나는 손을 다시 내려뜨렸고, 팔을 건들거리면서 그곳에 남아 있었다.

마침 휴식 시간이라 컨베이어가 멈췄다. 노동자들은 압정과 서류 뭉치와 고지 사항이 어지럽게 나붙은 큰 벽보 밑으로 가서 앉아 간식을 꺼내들었다. 웃고 떠들며, 치즈와 소시지가 든 샌드위치를 보란듯이 우유와 코카콜라와 함께 먹어댔다. 그들이 나누는 쾌활한 대화의 동강을 듣는 것만으로도 나는 난간에 몸을 기대야 했다. 그들이 사회주의 노동단원들이라는 걸 알 수 있었다. 업체측 비용으로 금요일이면 버스 한 대가 그들을 크르코노셰의 별장으로 데려다준다는 것과 지난여름에는 프랑스와 이탈리아를 방문했다는 것도 알 수 있었다. 올해는 그리스와 불가리아를 짧게 다녀올 계획이라고, 그들은 담배에 불을 붙이며 말했다. 그들은 서로를 부르며 명단에 이름을 올렸고, 여행에 빠짐없이 참여하도록 서로를 부추겼다. 이미 중천에 뜬 해에 몸을 그을리려고 그들이 반벌거숭이가 되는 것을 보면서도 나는 놀라지 않았다. 그들은 오후 시간을 어떻게 쓰면 좋을지 망설이고 있었다. 강에서 수영을 할 것인지, 아니면 모드르자니에서 축구 시합을 할 것인지를.

그들의 그리스 휴가 계획은 나를 송두리째 뒤흔들어놓았다. 헤르더와 헤겔의 책들은 나를 고대 그리스에 던져놓았고 프리드리히 니체는 디오니소스적인 관점에서 세상을 바라보는 방법을 가르쳐주었건만 내가 막상 휴가를 떠나본 적은 없었다. 일을 따라잡느라 휴가는 늘 온데간데없이 사라졌고, 하루라도 결근을 하면 소장은 가차없이 추가로 이틀을 더 근무하게 했다. 어쩌다 하루 쉬는 날이 찾아와도 나는 수당을 받고 일하러 갔다. 일이 항시 밀려 있는데다, 내 역량을 넘어서는 종이 더미를 생각하면 마음이 편치 않았으니까. 사르트르 양반과 카뮈 양반이, 특히 후자가 멋들어지게 글로 옮겨놓은 시시포스 콤플렉스는 지난 삼십오 년 동안 내 일상의 몫이었다. 그러나 부브니의 사회주의 노동단원들은 일이 밀리는 법이 없었다. 고대 그리스의 미소년들처럼 별에 그을린 젊은 남녀들이 작업을 재개하고 있었다. 아리스토텔레스도, 플라톤도, 괴테도, 불멸의 고대 그리스도 모르는 그들은 헬라스*에서 여름을 보내는 일에도 그저 무덤덤하기만 했다. 불안에 곤두선 책장들을 무심한 눈길로 바라보며 그 안에 숨겨진 가치 따위는 전혀 아랑곳없이 냉정하게 작업을 이어갔다. 누군가가 쓴 책들이었다. 누군가가 교정을 보고, 읽고, 삽화를 넣고, 잇달아 인쇄에 들어가 제본되어 나온 책들일 것이다. 누군가가 가독성이 없다는 결정을 내리고, 검열하고, 쓰레기장으로 보낸 책들이었다. 그렇게 책들은 트럭에 실려 이곳에 왔을 것이다. 노란색과 오렌지색 장갑을 낀 노동자들이 책들의 내장을 꺼내 곤두선 책장들을 무정한 컨베이어 벨트 위로 던진다. 그것들은 거대한 피스톤 밑으로 조용히 흘러들어 보따리 크기로 압축된 뒤 제지 공장에서 생을 마친다. 거기서 글자로 오염되지 않은 깨끗한 새 종이로 탄생해 머지않아 새로운 책들로 인쇄될 날을 기다리게 될 것이다……

그렇게 나는 난간에 몸을 기댄 채 인류의 작업을 지켜보고 있었는데, 한 여교사가 초등학생들을 인솔해 환한 햇빛 속으로 들

---

* 고대 그리스인들은 자신들의 국가를 '헬라스'라고 불렀는데, 이는 그리스인 모두가 영웅 헬렌의 자손이라는 생각에서 유래한 명칭이다.

어오는 모습이 보였다. 현장학습을 온 모양이었다. 여교사는 아이들에게 폐지의 재활용 과정을 설명하고자 했다. 그러면서 정말 어이없게도 책 한 권을 집어들더니 학생들의 주의를 집중시키고는 책의 내용물을 뜯어내는 시범을 당당히 해 보였다. 그러고 나자 아이들이 순서대로 한 명씩 책을 들어 표지를 뜯어내려고 안간힘을 썼다. 책들은 반항하며 버텨보려 했지만 작은 손가락들을 당해내지 못했다. 노동자들이 몸짓으로 아이들을 부추겼고 작업은 순조롭게 진행되어 순진한 얼굴들이 환히 빛났다…… 나는 끝내 리부시의 닭 가공 공장을 떠올리지 않을 수 없었다. 컨베이어 벨트를 타고 일정한 속도로 내려오는 살아 있는 닭들의 내장을 숙련된 동작으로 뜯어내던 여공들도 저 아이들과 똑같았다. 그 젊은 여자들도 웃고 농담을 하며 작업을 했다. 반쯤 죽거나 살아 있는 닭들로 가득한 무수한 닭장이 슬로프를 타고 내려왔다. 달아난 몇 마리가 트럭 위에 내려앉아 있는 동안 다른 몇 마리는 닥치는 대로 모이를 쪼아댔다. 컨베이어 벨트 앞에 선 여공들의 손에서 형제들의 목이 꼬챙이에 꿰이는 순간에도 달아날 생각을 하지 못한 채…… 나는 고개를 떨구었다. 아이들은 혼신의 힘을 다해 배우느라 스웨터와 재킷까지 벗어던졌다. 그래도 어떤 책들은 힘을 모아 맞서 단단한 단면으로 두 남자아이의 손톱을 까뒤집어놓았다. 그러자 지원군으로 달려온 여공들이 이 영원한 반란자들, 곤두선 종잇장들을 손가락으로 한 번 튕겨 컨베이어 벨트 위에 올려놓았는데, 그사이 여교사는 아이들의 작은 손가락을 붕대로 감아주었다. 하늘은 인간적이지 않고, 이런 일들은 내 인내심의 한계를 넘어서고 있었다. 그곳을 떠나려고 돌아서는데, 나 자신이 부르는 소리가 들렸다. '이봐, 한탸! 심술보 영감, 이제 어쩔 셈인가?' 오렌지색 캡을 쓴 젊은이 하나가 뉴욕에 있는 자유의 여신상처럼 과장된 몸짓으로 자신이 마시던 리터들이 우유잔을 쳐들고 흔들어 보이며 웃었다. 그러자 다른 이들도 가세해 모두 함께 웃어댔다. 어쩌면 그들은 나를 아주 좋아하는지도 모른다. 내가 누군지 알아보는 거다. 천지가 무너져내리는 심정으로 내가 그곳을 배회하고 있던 내내 그들은 나를 주시하고 있었던 거다. 그들의 거대한 압축기 앞에서 내가 동요하는 모습을 보며 몹시 흡족해서…… 그들은 배꼽을 잡고 웃어대며 노란색과 오렌지색 장갑을 흔들어 보였다. 나는 두 손으로 얼굴을 가리고 허겁지겁 그곳을 벗어나 가장자리에 무수히 많은 꾸러미들이 늘어서 있는 복도로 나왔다. 쌓아둔 책들이 연달아 곁을 지나갔고, 내가 앞으로 달려나갈수록 책들은 뒤로 물러났다. 웃음소리가 쉴 새없이 터져나오며 다양한 음색으로 울려퍼졌지만 그 소리도 점차 뒤로 멀어져갔다. 복도 끝에 이르러 멈춰 선 나는 더이상 참지 못하고 꾸러미 하나를 풀었다. 아이들의 작은 손가락에 앙갚음을 했던 책들은 세 권짜리 『소공자』 8만 5천 부였다…… 그러니까 25만 부의 『소공자』가 아이들의 손가락에 맞서 싸운 셈이었다…… 또다른 복도로 접어들자 그곳에도 가장자리에 책 꾸러미들이 무기력한 모습으로 늘어서 있었다. 리부시 여행에서 본 광경이 다시 떠올랐다. 닭장을 벗어난 닭들이 컨베이어 벨트를 따라 내려오며 모이를 쪼아대면 손 하나가 그들을 낚아채 산 채로 꼬챙이에 꿰어 목을 잘랐다. 그들 운명의 고리에 막 합류하고 난 그 닭들처럼, 이곳에 쌓여 있는 책들도 요절할 운명이었던 것이다.

그리스에 갈 수만 있다면 나는 우선 아리스토텔레스가 태어난 스타기라에서 경배를 올릴 것이다. 그런 다음 올림피아 경기장을 한 바퀴 돌 테지. 장식 술이 촘촘히 달린 긴 반바지를 입고 올림픽경기의 우승자들 모두에게 경의를 표하며 달릴 것이다. 그리스에 갈 수만 있다면…… 저 사회주의 노동단원들과 함께 그리스로 떠날 수 있다면 그들에게 건축과 철학 강의를 하고, 자살한 이들과 데모스테네스, 플라톤과 소크라테스에 대한 강의도 할 것이다. 그들과 함께 그곳에 갈 수만 있다면…… 하지만 이제 우리는 새 시대, 새 세상으로 진입했고, 그런 것들은 그들의 이해를 훨씬 넘어선다. 저 젊은이들은 완전히 새로운 존재인 게 확실했다. 그런 생각을 하며 나는 내 지하 공간으로 돌아왔다. 뒷문으로 들어와 어슴푸레한 빛과 희미한 전구, 곰팡내를 다시 찾았다. 내 압축기와 반들반들 윤이 나는 압축통, 세월의 손길이 밴 그 나뭇결을 어루만졌다. 그 순간 난데없이 비통한 고함소리가 귓전을 때려 돌아보지 않을 수 없었다. 천장에서 소장이 충혈된 눈으로 얼굴을 아래로 들이밀고 내지르는 소리였다. 내가 긴 시간 자리를 비운 사이 작업장 안마당이 종이로 뒤덮여 있었다. 그런데도 나는 그가 대체 무엇 때문에 나를 꾸짖는지 제대로 파악하지도 못하면서 스스로가 비열한 인간처럼 여겨졌다. 더이상 나를 보아넘길 수 없게 된 소장은 내가 아직 아무한테도 들어본 적 없는 욕설을 쏟아놓았다. 나는 아무짝에도 쓸모없는 무능한 인간이고 바보 천치였다…… 부브니의 거대한 압축기와 청년 사회주의 노동단원들 그리고 그들의 그리스 여행에 심적으로 팽팽히 대립해 있는 나는 멍청한 인간이었고, 내 작은 압축기보다 더 미미한 존재였다. 그날 오후 내내 나는 정신 나간 사람처럼 일했다. 부브니의 속도로 종이를 갈퀴로 퍼 담았고, 반짝이는 표지의 책들이 내 곁에서 수다를 떨어대도 마음을 굳게 다잡았다. '안 돼, 넌 그럴 수 없어, 단 한 권의 책도 펼쳐볼 권리가 없어, 잔혹한 한국 형리처럼 냉정해져야 해'라고 쉴새없이 나 자신을 타일렀다. 내가 압축통 속에 집어넣고 있는 것들이 무감각한 흙덩이인 양, 그렇게 일했다. 엔진이 가열되고, 기계가 미친 여자처럼 콜록대고 팔짝거리면서 돌아갔다. 이 지하실에서 녹슬어갔던 기계로서는 이제까지와는 완전히 다른 새로운 리듬이었다. 나는 1리터들이 우유를 구해다가 마셨다. 첫 모금은 마치 가시철사가 목구멍 안으로 들어가는 느낌이었다. 그래도 멈추지 않았다. 어린 시절에 먹었던 대구 간유만큼이나 역겨운 이 음료를 억지로 삼켰다. 그러자 두 시간 만에 종이 더미가 말끔히 치워졌다. 마침 목요일이었다. 평소라면 내가 초조한 마음으로 기다렸을 코메니우스 대학 사서가 내 발밑에 철학 서적 한 광주리를 쏟아놓았다. 그러나 나는 쓰레깃더미를 치우듯 그것들을, 슬그머니 눈길이 가닿은 『도덕 형이상학』마저 내 압축기 속에 처넣었는데, 그 때문에 가슴이 찢어지는 것 같았다.

나는 익명의 꾸러미들을 미친듯이 압축하고 또 압축했다. 고대나 현대 화가의 복제화 따위도 염두에 없었다. 나는 보수를 받고 일하는 사람일 뿐이었다. 예술과 창조, 미의 창출은 꿈도 꿀 수 없었다. 그런 속도로 일하면 혼자서도 사회주의 노동단원이 되어 연 50퍼센트의 생산성 향상을 약속할 수 있을 것 같았다. 기업이 소유한 별장도 이용할 수 있겠고, 여름휴가를 그리스에서 보내며 속바지를 입고 올림피아 경기장을 돌거나 스타기라에 가서 아리스토텔레스에게 고개 숙여 경의를 표할 수도 있겠지. 그렇게 나는 우유를 병째 들이마시며 일했다. 부브니 사람들처럼 무심하고 비인간적인 모습으로. 저녁엔 일을 모두 마치고 쓰레기도 말끔히 치워, 나도 쓸모없는 인간이 아니라는 걸 증명해 보였다. 하지만 그날 저녁 소장은 사무실 뒤쪽에서 샤워를 하며 내게 경고해왔다. 나와는 더이상 이야기하지 않겠다는 그의 단언이 물줄기 소리 너머로 들려왔다. 자기는 사실대로 보고했고 상부에서 나에 대해 무슨 조처를 내릴 거라고. 나는 소장의 말에 잠시 귀기울이며 남아 있었다. 그의 몸을 뒤덮은 잿빛 털이 물기를 닦는 타월 밑에서 부스스 일어나는 소리가 들리는가 싶었는데, 그 순간 추억 속에 갇혀 있던 만차가 떠올랐다. 만차는 지금 살고 있는 프라하 교외의 클라노비체로 벌써 여러 차례 나를 초대했었다. 나는 더러운 발에 양말을 잽싸게 꿰신고 거리로 나섰다. 해질녘에 버스는 깊은 수심에 잠긴 나를 인적이 드문 어느 외진 동네에 내려놓았다. 잠시 뒤 내가 어느 별장의 철책 앞에 이르렀을 때는 해가 나무들 뒤로 떨어지고 있었다. 나는 휑뎅그렁한 집안으로 발을 들여놓았다. 복도엔 아무도 없었고, 부엌과 방들도 마찬가지였다. 그래서 나는 용기를 내 정원으로 나가보았는데, 거기서 그날 아침 부브니의 압축기를 보았을 때보다 더 놀라운 광경과 맞닥뜨렸다. 해가 서서히 저무는 호박색 하늘과 늘씬한 전나무들을 배경으로 내 앞에 천사가 모습을 드러낸 것이다. 비노흐라디에 있는 시인 체흐의 동상만한 거대한 조각상이었다. 그 조각상에 사다리 하나가 기대 세워져 있고, 사다리 위에서 연푸른 색 작업복과 흰 바지, 흰 구두 차림의 노인이 망치로 아름다운 여인의 두상을 돌에 새겨넣고 있었다. 아니, 여자도 남자도 아닌 천사의 얼굴이라고 하는 편이 옳았다. 성性과 혼인의 흔적이 없는, 하늘에서 내려온 남녀 양성의 존재라고나 할까. 노신사는 틈나는 대로 밑을 내려다보았는데, 그곳에는 나의 만차가 손에 든 장미꽃 향기를 맡으며 팔걸이의자에 당당히 앉아 있었다. 노인은 그녀를 뚫어져라 바라보며 끌과 망치를 사용해 노련한 솜씨로 그녀의 모습을 돌에 가뿐히 옮겨놓았다. 만차는 이미 잿빛이 된 머리를 짧게 자른 모습이었다. 어린 소년이나 운동선수, 아니면 신의 은총을 입은 육상 선수의 머리 모양이랄까. 한쪽 눈이 다른 쪽 눈보다 아래로 내려가 우아한 인상을 주었다. 사시처럼 보이기도 했지만, 시각적인 결함이 있는 건 아니라는 걸 알 수 있었다. 무한의 문턱 너머에 자리한 정삼각형의 한복판, 존재의 심부에 영원히 고정된 채 길을 잃고 방황하는 눈이었다. 그녀의 사팔눈은, 어느 가톨릭 실존주의자의 표현을 빌리자면, 금강석에 난 영원한 흠을 암시했다. 나는 망연자실하여 그곳에 남아 있었다. 무엇보다 경악을 금할 수 없었던 건 두 개의 크고 흰 장롱처럼 보이는 천사의 두 날개였다. 그것들이 보일락 말락 파닥이는 것 같았다. 비상飛翔에 앞서, 아니면 하늘로부터 귀환한 뒤 잠깐 동안, 만차가 부드럽게 날갯짓을 하는 것 같았다. 이제 나는 두 눈으로 확인하고 있었다. 책이라면 질겁하며 단 한 권도 읽지 않았던 만차가 말년에 성스러움의 경지까지 올랐음을…… 어둠이 땅거미를 집어삼켰지만, 늙은 예술가는 하늘에 매달린 듯한 자세로 흰 바지와 구두가 환히 비추는 사다리 위에 여전히 머물러 있었다. 만차가 내게 따듯한 손을 내밀었다. 그리고 내게 몸을 기대오며 사정을 털어놓았다. 저 노신사는 그녀의 마지막 연인이고, 그녀가 만난 남자들의 사슬에서 마지막 고리에 해당한다고. 하지만 이제는 정신적인 사랑밖에 줄 수 없게 된 그가 보상의 의미로 그녀가 살아 있는 동안 즐길 수 있도록 정원에 거대한 조각품을 만들게 되었다고. 그녀가 죽으면 저 천사가 관의 누름돌처럼 그녀의 무덤을 장식하게 될 거라고. 노예술가가 사다리에 올라서서 천사의 얼굴에 정확한 표정을 부여하기 위해 고군분투하는 동안 달빛이 끌을 쥔 그의 손놀림을 밝혀주었다. 그사이 만차는 나를 자신의 저택으로 데려가 지하실에서 다락까지 안내해주었다. 그녀가 나지막한 목소리로 이야기했다. 천사가 그녀 앞에 나타났고, 그 천사의 조언대로 그녀는 한 토목공을 유혹했노라고. 그리고 가진 돈을 털어 전원에 땅을 샀는데, 토목공이 그녀와 함께 텐트에서 밤을 보내며 낮에는 이 땅에 집을 지을 기초공사를 했다고. 하지만 그녀는 이 토목공을 차버리고 석수와 살았고, 이 석수 역시 텐트 아래서 그녀와 사랑을 나누며 사방 벽을 쌓았다고. 뒤이어 그녀는 목수와 살았는데, 그는 이미 그녀의 방과 침대를 함께 썼다고. 그다음은 배관공이자 아연공인 남자의 차례였는데 해당 작업이 마무리되자마자 이 남자 역시 차버렸고, 그다음으로 함께 살게 된 기와공이 시멘트 기와지붕을 올려주었다고. 그다음엔 화가가 그녀와 밤을 함께하며 천장과 벽에 칠을 하고 집 정면에 초벽을 발라주었고, 마지막엔 소목장이가 그녀에게 가구를 만들어주었다고. 그렇게 만차는 사랑과 온전한 의지로 자신의 집을 가졌고, 노예술가까지 덤으로 얻게 된 것이었다. 정신적인 열정으로 그녀를 사랑하는 남자, 신의 작업을 이어가며 그녀를 천사의 모습에 담아 조각하는 남자였다. 우리는 이렇게 만차의 삶을 한 바퀴 돌아본 뒤 정원으로 되돌아왔다. 구두와 흰 바지가 사다리를 타고 미끄러져 내려왔다. 연푸른색 작업복이 달빛에 녹아들고 흰 구두가 바닥에 닿는가 싶더니 백발의 노인이 다가와 내게 손을 내밀었다…… 노인은 만차가 나에 대해 모두 이야기해주었다고 했다. 만차는 그에게 왕성한 창작력을 가져다준 그의 뮤즈라고. 이제 그는 지고한 신의 손발이 되어 거대한 천사의 온화한 모습을 돌에 새길 수 있게 되었다고……

나는 클라노비체에서 마지막 기차를 타고 집으로 돌아왔다. 도취 상태가 되어 2톤의 책이 쌓인 닫집을 머리에 이고 옷을 입은 채로 침대에 몸을 뉘었다. 만차는 자신도 모르는 사이에 상상도 하지 않았던 무언가가 되어 있었다. 평생 내가 만난 사람들 중에서 가장 멀리까지 간 사람이 만차였다. 책들에 둘러싸인 나는 책에서 쉴새없이 표징을 구했으나 하늘로부터 단 한 줄의 메시지도 받지 못한 채 오히려 책들이 단합해 내게 맞섰는데 말이다. 반면 책을 혐오한 만차는 영원토록 그녀에게 예정된 운명대로 글쓰기에 영감을 불어넣는 여인이 되어 있었고, 심지어 돌로 된 날개를 퍼덕이며 비상했다. 깊은 밤 환히 불밝혀진 왕성王城의 두 창문처럼 부드러운 빛을 발하는 날개였다. 리본과 장식 줄, 황금산 산등성이에 자리한 레너 호텔 앞에서 그녀가 신고 있던 스키를 장식한 똥, 그 모든 사연이 담긴 우리의 러브 스토리를 그 날개는 멀리멀리 사라지게 만들었다.

7장

 삼십오 년 동안 나는 내 압축기로 폐지를 압축해왔고, 언제까지나 그렇게 일할 거라 생각했다. 은퇴를 해도 내 압축기는 나와 함께할 거라고 믿고 있었다. 그러나 부브니의 그 거대한 기계를 보고 온 뒤로 사흘 만에 내 모든 꿈과 정반대되는 일이 현실이 되는 것을 목격했다. 어느 날 아침, 사회주의 노동단원인 두 청년이 작업장 마당에 서 있는 모습을 보았다. 노란색 장갑에 오렌지색 캡, 높다란 가슴받이가 달린 푸른색 멜빵바지 차림에 초록색 터틀넥을 받쳐 입은 품새가 야구 시합이라도 하려는 사람들 같았다. 소장은 좋아서 어쩔 줄 모르며 그들을 내 지하실로 데려와 내 압축기를 보여주었다. 그들은 곧 제집에 온 사람들처럼 스스럼없이 행동하며 내 탁자 위에 깨끗한 종이를 한 장 깔더니 자신들의 우유병을 올려놓았다. 굴욕감에 잔뜩 긴장한 나는 뼛속 깊이 퍼뜩 깨달음을 얻었다. 나는 새로운 삶에 절대로 적응할 수 없을 것이었다. 코페르니쿠스가 지구가 더는 세상의 중심이 아니라는 걸 밝혀내자 대거 자살을 감행한 그 모든 수도사들처럼. 그때까지 삶을 지탱해준 세상과는 전혀 다른 세상을 그들은 상상할 수 없었던 거다. 소장은 나더러 마당에 나가 비질을 하라고 했다. 일손이 필요한 곳에 가서 거들든지, 그것도 내키지 않으면 아무 일 안 해도 좋다고. 다음주면 나도 그곳을 떠나 멜란트리흐 인쇄소 지하실에서 백지를 꾸리도록 되어 있다고. 갑자기 눈앞이 캄캄해졌다. 삼십오 년을 잉크와 얼룩 속에서 일해온 내가, 더럽고 냄새나는 폐지 더미 속에서 선물과도 같은 멋진 책 한 권을 찾아낼지 모른다는 희망으로 매 순간을 살아온 내가, 이제 비인간적인 백색 꾸러미들을 만들어야 하는 처지에 놓이게 되다니! 이런 통고를 받자 나는 평정심을 잃고 벌렁 나자빠졌다. 흐느적대는 꼭두각시처럼 계단 맨 아랫단에 주저앉았다. 소장의 통고에 마음이 몹시 갑갑해졌고, 입가에는 실성한 미소가 떠올라 사라질 줄 몰랐다. 그렇게 나는 두 청년을 바라보며 그 자리에 남아 있었다. 따지고 보면 청년들로서도 어쩔 수 없는 일이었다. 두 사람은 스팔레나 거리로 가서 폐지를 압축하라는 말을 듣고 그대로 따랐을 뿐, 이 일은 그들의 의무이자 나날의 양식이기도 했다. 하지만 그들이 갈퀴로 내 압축통을 채우고 녹색과 붉은색 버튼을 누르는 걸 보면서 나는 강렬한 열망에 사로잡혔다. 내 기계가 파업을 벌였으면, 병이 나서 톱니바퀴가 멎고 벨트가 끊어졌으면…… 하지만 녀석은 심술궂게도 나를 배신했다. 나와 함께 일할 때와는 영 딴판이었다. 젊음을 새롭게 되찾은 녀석은 힘차게 돌아가며 으르렁댔고, 속도가 최고조에 달해 딩! 소리가 나도 멈출 줄 몰랐다. 그렇게 녀석은 나를 비웃었고, 사회주의 노동단원들의 작업으로 마침내 본연의 모습을 되찾아 그 역량을 활짝 꽃피웠다. 두 시간이 지나자 그 청년들은 그곳에서 수년간 일해온 사람들처럼 보였다. 각자 작업을 분담해 한 명이 갈퀴를 들고 천장까지 닿은 폐지 더미 위에 올라앉아 종이를 무더기 무더기 압축통 속으로 떨어뜨렸다. 그런 식으로 한 시간 만에 다섯 꾸러미가 완성되었다. 소장은 시시때때로 뚜껑문 위에서 몸을 숙이고 나를 훔쳐봤고, 작고 포동포동한 두 손으로 과장되게 박수를 치면서 "브라보, 브라비시모, 몰로치!"*라고 외쳤다. 지친 나는 눈꺼풀이

---

* "근사해, 최고야, 젊은이들!" 'molodtsi'(젊은이들)는 러시아어다. 체코는 제2차 세계대전 때 소련군에 의해 나치 독일로부터 해방되어 신정부를 수립했다.

반쯤 감겨 그곳을 떠나려 했지만 두 다리가 더이상 말을 듣지 않았다. 굴욕감에 몸이 마비되었다. 기계가 딩! 딩! 역겨운 소리를 내며 그 위세가 곧 절정에 이를 것임을 알려오자 내 신경이 곤두섰다. 청년의 갈퀴가 대기 중에 번득이는 순간, 나는 압축통 속으로 떨어지기 직전의 책 한 권을 바닥에서 낚아채 작업복에 대고 닦았다. 잠시 책을 가슴에 껴안자 그 차가운 감촉이 내 몸을 덥혀주었다. 어머니가 아이를 품에 안듯이 나는 힘주어 책을 품에 안았다. 너무 세게 안은 성서가 반쯤 몸속으로 파고든, 쾰른 광장의 얀 후스 조각상처럼. 두 청년은 나를 보고 있지 않았다. 내가 보란듯이 책을 내밀어도 전혀 관심이 없었다. 나는 내 안에 남은 힘을 그러모아 책 표지를 들여다보았다. 찰스 린드버그가 대서양 상공을 처음 비행했던 경험을 들려주는, 기대했던 대로 멋진 책이었다. 그러자 습관처럼 성삼위일체 성당의 성기 관리 책임자인 프란티크 슈투름이 생각났다. 이카루스가 그리스도를 예고한 인물이라고 확신했던 그는 서적이든 팸플릿이든 잡지든, 비행과 관련된 인쇄물이라면 무엇이든 수집했다. 이카루스는 하늘에서 떨어져 바닷속에서 산산조각났다는 것만이 예수와의 유일한 차이점이었다. 반면 추력 180톤의 아틀라스 로켓은 예수를 지구의 궤도 위에 올려놓았고 오늘날에도 예수가 이곳에 군림한다는 게 그의 생각이었다. 나는 오늘 마지막으로 그의 미생물 실험실을 찾아가 린드버그와 대서양에 관한 책 한 권을 선사하기로 마음먹었다. 그리고 나면 내 사소한 기쁨들과도 작별이겠지! 나는 비틀대며 마당으로 나왔다. 희색이 만면한 소장이 행상인 처녀 헤드비츠카의 체중을 재고 있었다. 그렇게 그는 자신이 좋아하는 분야에서 실력을 발휘하는 중이었다! 내가 책을 좋아하듯이 소장은 여자라면 사족을 못 썼다. 그는 언제나 같은 방식으로 여자들의 체중을 쟀다. 우선 그들이 가져온 폐지와 함께 여자의 무게를 재고 연달아 여자만의 몸무게를 재어 작은 수첩에 기록했다. 그런 다음 주위는 거들떠보지도 않고 여자들과 시시덕거렸고, 마지막으로 여자를 저울에 올라가게 했는데 마치 사진이라도 찍으려는 것 같았다. 그때마다 그는 베르켈 저울의 구조를 상세히 설명해주면서 여자들이 그 황송한 설명에 귀기울이는 고역을 치르게 했다! 그는 바늘의 작동을 설명하면서 슬그머니 여자(오늘은 헤드비츠카)의 등뒤로 가서는 양손으로 허리를 감은 뒤 얼굴을 여자의 머리털 속에 묻고 게걸스럽게 향내를 들이마셨다. 잇달아 기쁨의 탄성과 찬사가 이어졌다. 헤드비츠카는 지난번 체중을 잰 이후로 살이 전혀 찌지 않은 것이다! 그는 양손으로 다시 헤드비츠카의 허리를 잡아주며 저울에서 내려오도록 도와주었다. 그러고는 흡! 하고 가느다란 소리를 내지르면서 그녀의 젖가슴에 코를 박았다. 이제 자신의 체중을 잴 차례가 오자 그는 풋풋하고 어린 암사슴을 본 수사슴처럼 쿠르르 힝힝 울어댔다. 이번에는 헤드비츠카가 막다른 통로 쪽으로 난 문의 문설주에 그의 체중을 적었다. 나는 마당을 가로질러 햇빛 있는 데로 나왔지만 그날은 만사가 시큰둥했다. 어둠침침한 성당 안에서 프란티크 슈투름은 완전히 넋이 나간 사람처럼 플란넬 천으로 마치 기관차를 닦듯 측면 제대에 윤을 내고 있었다. 그에게도 운명은 호락호락하지 않았다. 젊은 시절 그는 신문에 취미를 붙여 사회면에 아무개의 다리가 부러졌다는 따위의 짤막한 기사를 올리곤 했다. 그렇긴 해도 그의 전문 분야는 역시 월요 소식이어서, 이런저런 싸움과 소동이 난투극으로 이어져 결국 불량배들이 병원으로 실려가거나 죄수 호송차에 실렸다는 등의 내용을 작성하곤 했다. 그는 〈체코 소식〉과 〈저녁 뉴스〉에 기사를 썼는데, 이런 난폭한 뉴스거리를 계속 이야기하는 것 외에는 달리 바라는 것이 없었다. 그러나 부친이 사망하자 성기 관리 책임자의 직무를 이어받아야만 했는데, 그래도 틈나는 대로 머릿속에서 구시가지와 신시가지에서 벌어진 추태에 대해 쓰는 일을 멈추지 않았다. 그리고 사제관에 있는 자신의 작은 방에 틀어박혀 낡은 주교 의자에 느긋하게 앉아서는 비행 관련 책자를 꺼내 새로운 비행기 모델이나 제작자에 대한 글을 닥치는 대로 탐독했다. 그런 책들이 무려 이백 권이 넘었다. 하지만 지하에서 건져낸 책을 내가 내미는 순간 그의 얼굴에 떠오른 미소로 짐작하건대, 작은 생명체와도 흡사한 그의 서가에는 아직 없는 책이라는 걸 알 수 있었다. 그는 감격의 눈물을 글썽이며 눈길로 나를 포옹했다. 그러나 내 지하실에서 보낸 아름다운 시절도, 그가 누린 사소한 즐거움도 이제는 끝이었다. 더는 프란티크 슈투름에게 기쁨을 선사할 수 없을 것이었다. 우리는 제대 위에 꽃줄로 매단 커다란 두 천사의 날개 아래 피신해 있었다. 그 순간 문 하나가 소리 없이 열리더니 주임신부가 다가와 프란티크에게 미사 집전이 있으니 가서 제의를 입으라고 무뚝뚝하게 말했다. 나는 환한 아침 햇살 아래로 다시 나와 타데우스 성인의 기도대 앞에서 발길을 멈추었다. 내가 종종 하늘의 도움을 청할 때 기도를 올리던 성인이었다. 도살장과 푸줏간의 역겨운 종이들을 내 작업장 마당에 부려놓고 가는 그 혐오스러운 트럭들을 강 속에 치박아달라고. 내게 아직 웃을 힘이 남아 있던 시절의 어느 날 나는 모자에 별을 총총히 붙인 채로 그곳에 무릎을 꿇고 있었는데, 그때 영락한 부르주아들이 외치는 소리가 들렸다. "꼴좋네, 꼴좋아. 이제 프롤레타리아들이 십자가 밑을 서성대는군!" 그런데 오늘은 내가 모자를 눈 위까지 눌러쓴 채 거기 남아 있었다. 그 순간, 타데우스 성인에게 기적을 베풀어주십사 무릎 꿇고 기도를 올려 마지막으로 운을 시험해보자는 생각이 문득 떠올랐다. 기적이 일어나지 않는 한 내 압축기와 내 지하실과 내 책들에게로, 내가 살아내려면 반드시 있어야 하는 그것들에게로 돌아갈 수 없을 것 같았다. 그러자 벌써 무릎이 접히는 것 같았는데, 난데없이 철학 교수가 곁에 와 섰다. 그가 낀 안경알이 두 개의 유리 재떨이처럼 햇빛에 반짝였다. 그는 늘 들고 다니는 가방을 손에 든 채 얼빠진 사람처럼 내 앞에 남아 있었다. "젊은이는 잘 있나요?" 내가 모자를 쓰고 있을 때면 그가 어김없이 하는 질문이었다. 나는 잠시 생각해본 뒤, 젊은이는 없다고 대답했다. "이런, 그래도 아픈 건 아니겠죠?" 그가 놀란 표정으로 받았다. "네, 아픈 건 아니죠." 내가 모자를 벗으며 말했다. "아픈 건 아닙니다. 그래도 솔직히 말씀드려야겠군요. 이젠 끝장입니다. 루테의 기사도, 엥겔뮐러의 비평도 말이죠." 교수는 깜짝 놀라 털썩 무릎을 꿇었다. 그리고 손으로 나를 가리키며 소리쳤다. "당신이 그 영감이고 그 젊은이군!" 나는 모자를 다시 눈 위까지 당겨 쓴 뒤 가시 돋친 목소리로 말했다. "그래요, 『국내 정치』 지난 호도, 『국가 소식』도 끝장입니다. 그 사람들이 나를 지하실에서 내쫓았어요. 아시겠어요?" 나는 이웃집까지, 지난 삼십오 년간 뼈빠지게 일해온 작업장 입구까지 걸어갔다. 곁에서 교수가 겅중겅중 걸어오며 내 옷소매를 잡아당겨 손안에 10코루나짜리 지폐를 밀어넣더니 다시 5코루나짜리 지폐를 쥐여주었다. 그 지폐를 내려다보며 나는 서글프게 물었다. "더 잘 찾아보라고요?" 그는 내 어깨를 잡았다. 그리고 두꺼운 안경알 너머로 말처럼 휘둥그레진 눈을 뜨고 안경을 만지작거리면서 말을 더듬었다. "그렇소. 더 잘 찾아보라고……"

"찾으라니," 내가 받았다. "대체 무얼 말이죠?"

그러자 그는 알아듣기 힘든 소리로 중얼거렸다. "또다른 기회를, 다른 데서." 그는 몸을 숙여 인사한 뒤 뒷걸음치며 돌아서서 불행의 본거지를 막 벗어난 사람처럼 사라져갔다.

작업장 안마당으로 들어서자 내 압축기가 취한 결혼식 하객을 싣고 눈 위를 달리는 썰매처럼 명랑한 방울 소리를 울려대고 있었다. 나는 계속 나아갈 수 없었다. 더 걸어갈 수도, 내 압축기를 다시 볼 수도 없었다. 나는 홱 돌아서서 보도로 다시 나왔다. 햇빛에 눈이 부셔 어디로 가야 할지 모르는 채 그곳에 남아 있었다. 내가 신봉했던 책들의 어느 한 구절도, 내 존재를 온통 뒤흔들어놓은 이 폭풍우와 재난 속으로 나를 구하러 오지 않았다. 나는 타데우스 성인의 기도대 앞에 털썩 주저앉아 양손으로 머리를 감싼 채 잠에 빠져들었다…… 그저 잠이 들었던 것일까, 아니면 내 존재를 오롯이 덮친 모욕으로 말미암아 실성해버린 걸까? 손바닥으로 눈을 비빈 순간 별안간 내 압축기가 보였다. 세상에서 가장 거대한 압축기가 되어버린 녀석이 아가리를 벌려 도시 전체를 위협하고 있었다. 내가 녹색 버튼을 누르자 녀석이 움직이기 시작했다. 수력발전소의 댐만큼이나 높다란 그 벽면 앞에서 첫번째 건물들이 무너져내리고 길 위의 것들이 몽땅 쓸려갔다. 예전에 내 압축기 속으로 쓸려들어갔던 생쥐들처럼. 도심에서는 삶이 평소와 다름없이 이어졌지만, 외곽에서는 내 압축기의 거대한 아가리가 이미 파괴 행위에 나서, 앞을 막아서는 거라면 뭐든 집어던지고 부수고 박살을 냈다. 경기장과 성당과 공공건물이 보인다. 도로와 골목이 모조리 뒤틀리고 파괴된다. 이 묵시록의 압축기로부터는 아무것도, 쥐새끼 한 마리도 달아날 수 없다. 성이 허물어지고, 국립박물관의 둥근 지붕이 내려앉으며, 강물이 범람한다. 무시무시한 힘을 지닌 이 압축기에 무엇 하나 저항하지 못하고 내 지하실에 쌓여 있는 폐지처럼 얌전히 굴복한다. 속도가 점점 빨라지면서 이 거대한 기계는 눈앞에서 파괴된 것들을 모조리 압축한다. 이제 성삼위일체 성당 차례다. 성당이 내 머리 위로 무너져내리는 광경이 보인다. 나를 집어삼키는 게 보인다…… 더이상 보이지 않는다. 벽돌과 들보와 기도대에 눌려 납작해진 내 귀에는 자동차 운전자들의 비명소리와 전차가 덜컹대는 소리밖에 들리지 않는다. 기계의 무시무시한 벽면들이 다가선다. 가까이, 점점 더 가까이. 잔해 더미 한복판에 아직 충분한 공간이 있어, 그 안의 대기가 사람들의 신음 소리와 뒤섞여 솟구치며 윙윙 소리를 낸다. 이윽고 어느 광야 한복판에 엄청난 크기의 네모난 꾸러미가 놓여 있는 모습이 보인다. 한 변이 적어도 오백 미터는 되는 저 정육면체에 프라하 전체가 나와 함께 압축되어 있다. 평생에 걸쳐 내 안으로 스며들었던 텍스트들과 내 모든 사고도 함께…… 내 삶이라고 해봐야, 저 아래 내 지하실에서 사회주의 노동단원 두 명이 짓이겨대는 작은 생쥐 한 마리만도 못한 것이긴 하지만…… 깜짝 놀라 눈을 떠보니, 내가 타데우스 성인의 기도대에 여전히 무릎을 꿇고 있었다. 나는 잠시 동안 멍하니 기도대 등받이의 균열을 응시하며 머물러 있었다. 그런 다음 자리에서 일어나, 전차가 남기고 간 가늘고 긴 붉은 자국과 자동차들을, 그리고 늘 그렇듯 발길을 재촉하는 행인들의 물결을 눈으로 좇았다. 스팔레나 거리를 걷는 사람들은 좀처럼 발길을 멈추지 않았다. 그들은 국민로路에서 카렐 광장으로, 카렐 광장에서 국민로로 하나같이 바쁜 걸음으로 걸어갔고, 좁다란 보도에 이르러서는 나를 밀쳐대며 지나갔다. 나는 사람들과 부딪지 않으려고 사제관 담벼락에 등을 붙이고 허공을 물끄러미 바라보며 서 있었다. 그 순간, 정장을 차려입고 나오는 프란티크 슈투름이 눈에 들어왔다. 넥타이까지 맨 그는 근엄하게 계단을 내려와 평소처럼 우리가 일하는 작업장 안마당 쪽으로 걸어갔다. 그러다 나를 알아보고는 고개 숙여 인사한 뒤 늘 그렇듯 내게 조심스레 말을 건넸다. "한탸 씨 아니십니까?" 예전에 내 지하실이나 안마당에서 하던 대로 나도 그에게 대답했다. "말씀하신 대롭니다." 그러자 프란티크 슈투름은 내게 봉투 하나를 내민 뒤 또 한번 허리 굽혀 예를 표했다. 그러고 나면 그는 사제관에 있는 자신의 작은 방으로 돌아가 옷을 갈아입을 것이었다. 자신의 서가를 장식할 귀중한 책을 내게 증정받는 날이면 늘 그렇듯이, 그날 그가 연미복 차림으로 옷깃을 빳빳이 세우고 배춧잎 색 넥타이까지 맨 건 순전히 내게 편지 한 통을 건네기 위해서였으니까. 나는 봉투를 열어 그 안에 적힌 글귀를 읽었다. 상단에 문양이 있는 흰 종이에 글자들이 인쇄되어 있었다. 프란티크 슈투름 미생물 연구소…… 존경하는 선생께서 저희 미생물 연구소에 찰스 린드버그의 책 『대서양 횡단 비행』을 증정하시어 서가에 보탬이 되었음에 감사의 말씀 아룁니다. 저희 미생물 연구소에 대한 선생의 관심과 배려가 오래오래 지속되기를 기대하며…… 프란티크 슈투름. 편지지 한구석에 찍힌 동그란 소인에도 똑같은 글자들이 똬리를 틀고 있었다. 프란티크 슈투름 미생물 연구소…… 나는 생각에 잠겨 카렐 광장으로 돌아오면서 편지를, 마지막이 되고 만 이 감사의 전언을 찢어발겼다. 내 지하실의 내 기계가 이 모든 사소한 일들과 작은 기쁨을 끝장내고 말았기 때문이다. 내 놀라운 기계가 나를 배신한 것이다.

    나는 꼼짝 않고 선 채로 성당 박공에서 눈부신 빛을 발하는 이그나티우스 로욜라 조각상을 바라보았다. 그의 몸 전체가 후광에 싸여 있었다…… 나팔처럼 요란한 소리를 질러대는 황금빛 원에 둘러싸여 빛을 발했다. 하지만 내가 본 건 이 후광이 아니라 커다란 금빛 욕조였다. 이제 막 칼로 자신의 손목 동맥을 자른 세네카가 거기 누워 있었다. 그렇게 그는 자신의 사고가 정확했음을 스스로에게 증명해 보였고, 내가 좋아하는 책 『마음의 평정에 관하여』를 쓴 것이 헛일이 아니었음을 입증하고 있었다.

8장

 카페 '검은 양조장' 카운터에 기대앉아 나는 맥주 한 잔을 마신다. 이봐, 오늘부터 넌 혼자야. 홀로 세상에 맞서야 해. 마음이 안 내키더라도 사람들을 보러 나가 즐기고 연기를 해야 할 거야. 이 땅에 발붙이고 있는 동안은 말이야. 오늘부터는 수심에 찬 원들만 소용돌이치는군…… 전진이 곧 후퇴인 셈이지. 그래, 프로그레수스 아드 오리기넴과 레그레수스 아드 푸투룸은 같은 말이야. 너의 뇌는 압축기에 짓이겨진 한 꾸러미의 사고에 불과하지.

 햇살을 받고 앉아 맥주를 마시며 카렐 광장을 쉴새없이 오가는 사람들의 무리를 지켜보았다. 젊은 사람들, 젊은이와 학생뿐이다. 그들의 이마에는 모두 별이 하나씩 새겨져 있다. 삶이 시작되는 순간 저마다의 내면에 싹트는 천재성의 표징이다. 그들의 시선은 힘을 발한다. 소장이 나를 바보 천치라 부르기 전에는 내게서도 샘솟던 힘이다. 나는 난간에 몸을 기댄 채 바라본다. 전차들이 돌며 한 방향에서 내려와 다른 방향으로 되올라간다. 그것들의 붉은 띠들을 보니 내 마음도 유쾌해진다. 내게는 이제 시간이 있다. 프란체스코회 수사들이 운영하는 병원을 한번 보러 갈 수도 있겠지. 그 병원의 이층 층계는 1621년 구시가지 광장에서 체코 귀족들이 처형당했을 당시 사용한 단두대를 분해해 나온 목재로 만들었다는 말을 들은 적이 있다. 형이 집행된 뒤 프란체스코회 수사들이 그 골조와 판자를 사들였다고…… 아니, 그보다 스미호프로 가서 킨스키 공원의 정자를 보게 될지도 모르겠다. 바닥의 버튼을 발로 누르면 벽이 사라지고 밀랍 기마병 하나가 들어오는 곳이다. 상트페테르부르크에 있는 마법의 방이 그렇다. 보름달이 뜬 어느 밤에 그 방에서 육손이 괴물이 시동 장치를 잘못 누르는 바람에 좌정한 밀랍 차르가 위협적인 모양새로 나타났다지. 유리 티냐노프의 『밀랍 형상』에 생생하게 묘사되어 있는 내용이다. 아니다. 난 분명 아무데도 가지 않을 것이다. 그저 눈만 감아도 모든 게 현실에서보다 더 선명하게 떠오르니까. 차라리 거리의 행인들을 바라보겠다. 한련화 무더기를 생각나게 하는 그 얼굴들을…… 젊은 시절, 나 역시 멋진 계획들을 가슴에 품고 있었다. 당시 유행하던, 발이 훤히 드러나는 샌들을 사서 보라색 양말과 함께 신으면 훨씬 멋져 보일 거라고 믿던 시기였다. 어머니가 그런 양말 한 켤레를 털실로 떠주었다. 그 양말과 신발을 제대로 갖춰 신고 처음 집을 나선 것은 아래주점 앞에서 한 소녀를 만나기로 했기 때문이었다. 그날은 화요일이었다. 그런데도 나는 혹시 우리 축구팀 명단이 클럽 게시판에 올라와 있지는 않을까 문득 궁금해졌다. 먼저 조심스럽게 열쇠 구멍을 살핀 뒤 가까이 다가갔다. 그러나 눈에 들어온 건 지난주의 명단뿐이었다. 나는 거기 적힌 이름들을 멈추지 않고 읽고 또 읽었다. 내 오른쪽 샌들과 보라색 양말이 무언가 더럽고 끈적이는 물질 속에 처박히는 느낌이 들어서였다. 그렇게 읽다보니 맨 마지막 대기자 명단에 들어 있는 내 이름이 눈에 띄었다. 마침내 나는 용기를 내어 바닥을 내려다보았다. 질편한 개똥 속에 발이 빠져 샌들이 자취를 감추고 샌들 끈도 몽땅 삼켜져 보이지 않았다. 나는 청소년 팀 열한 명과 대기자로 내 이름이 오른 명단을 처음부터 끝까지 읽고 또 읽었다. 그래도 눈을 내리뜨면 끔찍한 개똥이 아직 그 자리에 있었다. 바로 그 순간, 여자친구가 약속 장소에 나타났다. 나는 황급히 샌들과 보라색 양말을 벗어 그 자리에 두었다. 그애한테 주려고 가져온 꽃다발도 함께. 그리고 들판으로 달아나, 어쩌면 운명의 암시일지도 모르는 이 치명적인 경고를 곰곰 생각해보았다. 그 당시 이미 나는 책들을 가까이하기 위해 폐지 압축공이 될 생각을 하고 있었으니까.

나는 맥주 여러 잔을 더 가져다 마신다. 카페의 열린 문가 난간에 기대앉아 있으려니 햇빛에 눈이 깜박인다. 클라로프 성당까지 걸어가면 가브리엘 대천사의 아름다운 대리석상을 볼 수 있고, 근사한 고해실도 있다. 이탈리아에서 천사를 운반해올 때 사용한 상자의 목재로 주임신부가 만들게 한 고해실…… 하지만 나는 한 발짝도 떼지 않고 조용히 눈을 감는다. 그렇다, 난 아무데도 가지 않을 것이다. 계속 술을 마신다. 참담했던 그 보라색 양말 사건이 있고 이십 년이 지난 뒤 스테틴의 변두리 동네와 벼룩시장이 열린 골목길을 성큼성큼 걷고 있는 내 모습이 다시 보인다. 맨 끝자리에 앉은 초라한 행상인의 좌판에 오른쪽 샌들과 보라색 양말 한 짝이 놓여 있다. 틀림없는 내 샌들, 내 양말이었다. 발 치수도 41, 내 치수였다…… 나는 깜짝 놀라서, 불가사의한 출현을 목격한 사람처럼 넋을 잃고 그 광경을 바라보았다. 그 고물상은 세상 어딘가에 발 치수가 41인 외다리 남자가 존재할 거라 믿었을 뿐 아니라, 이 남자가 멋을 내려고 스테틴까지 와서 오른발에 신을 샌들과 보라색 양말 한 짝을 살 거라 믿었던 것이다! 그 놀라운 장사꾼 옆에서 한 노파가 월계수 잎 두 장을 손에 들고 사라고 졸라댔다. 나는 망연자실했다. 원점으로 돌아온 것이다. 내 샌들과 보라색 양말이 세상의 수많은 고장을 보고 난 뒤 어느 날 내 앞에 나타난 것이다. 질책하듯 내 길을 막아서며.

나는 빈 잔을 돌려준 뒤 전찻길을 건넌다. 공원의 모래가 발밑에 밟히며 얼어붙은 눈처럼 저벅거린다. 나뭇가지들 사이에서 참새들과 꾀꼬리들이 목청을 돋워 노래한다. 유모차 몇 대가 보인다. 젊은 엄마들이 햇살 가득한 벤치에 앉아 머리를 젖혀 얼굴에 따스한 햇볕을 쪼인다. 나는 벌거숭이 아이들이 물놀이를 하는 타원형 풀 앞에 한참 동안 머물러 있다. 아이들의 배에 난 팬티 고무줄 자국에 마음이 동해서…… 갈리시아의 경건파 유대인들은 밝고 선명한 색깔의 허리띠를 착용해 자신들의 몸이 둘로 뚜렷이 구분되게 했다지. 심장과 폐와 간과 머리는 가장 아름다운 부분이고, 그 밖의 장과 성기는 그저 감내해야 하는 대수롭지 않은 부분이었다……

이 구분선을 가톨릭 신부들은 더 높이, 목까지 끌어올렸다. 그들의 로만칼라는 머리가 우위임을, 하느님 자신이 거기에 직접 손가락을 담갔음을 말해주는 뚜렷한 표징에 불과하다. 나는 미역을 감는 저 아이들을 본다. 벌거벗은 아이들의 몸에 팬티와 반바지 자국이 뚜렷이 나 있다. 그사이 머릿속에 떠오르는 건 수녀들의 모습이다. 그들은 빳빳이 풀을 먹인 투구 같은 머리쓰개를 써서 그 테두리 안의 얼굴이 두개頭蓋와 분명히 구분되게 한다. 그러고 보니 헬멧을 착용한 포뮬러1 경주자들을 닮았다…… 팔다리를 흔들며 물장구치는 저 아이들은 성性이 무언지 전혀 모른다는 걸 알 수 있다. 그래도 저들의 성기는 내가 노자에게 배우는 유유자적한 완벽을 과시한다…… 신부들과 수녀들의 몸을 둘로 구분하는 선이 다시 떠오른다. 유대인들의 허리띠가 보인다. 인간의 몸은 모래시계라는 생각이 든다. 위에 있던 것이 밑으로 가고 밑에 있던 것이 위로 가며, 두 개의 삼각형이 서로 통한다. 솔로몬 왕의 봉인. 그의 젊은 시절 작품인 〈아가서〉와 노년의 결산인 〈전도서〉가 고백하는 바니타스 바니타툼* 사이의 균형. 이제 내 눈은 성 이그나티우스 로욜라 성당을 훑고 지나간다. 성인이 요란한 금빛 후광에 싸여 번쩍인다. 반면 체코의 위대한 문인들은 이상하게도 모두 휠체어에 앉아 있다. 융만과 샤파르지크, 팔라츠키는 뻣뻣한 자세로 돌 의자에 앉아 있고, 페트르진 공원의 마하는 기둥에 비스듬히 몸을 기대고 있다. 하지만 가톨릭 조각상들은 기세가 등등해서, 네트 위로 쉴새없이 공을 던져 올리는 배구선수들 같다. 아니면 이제 막 백 미터를 돌진했거나 빙글빙글 원반을 던지고 난 것 같다고 할까. 하나같이 하늘을 향해 눈길을

---

* vanitas vanitatum. '헛되고 헛되니'라는 뜻의 라틴어. 〈전도서〉 12장 2절.

들고 양손을 힘껏 뻗어 신의 강타를 막아내는 모습이다. 사암으로 된 이 기독교 조각상들은 골을 성공시킨 뒤 양팔을 쳐들고 기쁨의 환성을 내지르는 축구선수를 닮았다…… 그러나 야로슬라프 브르홀리츠키의 조각상들은 휠체어 속에 몸을 웅크리고 있다.

나는 도로를 건너 밝은 해를 등지고 맥줏집 치셰크의 어스름 속으로 기어든다. 홀 안이 너무 어두워서 손님들은 얼굴만 가면처럼 빛나고 몸들은 어둠 속에 잠겨 있다. 레스토랑 쪽으로 걸어 내려가는데 누군가의 어깨 너머로 벽에 쓰인 글씨가 보였다. '이 자리에 있던 집에서 위대한 카렐 히네크 마하 시인이 「5월」을 썼다.' 나는 한 테이블에 자리를 잡았다. 그런데 천장을 올려다보는 순간 불안에 사로잡혔다. 전구 불빛 아래 앉아 있으려니 꼭 내 지하실에 와 있는 느낌이었다. 자리에서 일어나 거리로 나섰는데, 쿵! 이미 고주망태가 된 옛친구 한 명과 부딪쳤다. 그는 다짜고짜 가슴에 달린 호주머니를 한참 뒤져 무언가를 찾는가 싶더니 내게 증명서 하나를 내밀었다. '아래 서명한 사람은 혈중 알코올 농도가 0임……'이라고 적힌, 그가 술을 마시지 않았음을 입증하는 경찰의 증명서였다. 내가 종이를 잘 접어 그에게 돌려주자, 그간 이름조차 잊고 있었던 그 친구가 설명을 자세히 늘어놓았다. 자신은 새로운 삶을 시작하고 싶어 이틀 내리 우유를 마셨다고…… 그러자 몸이 주체할 수 없이 비틀댔는데 그 바람에 그날 아침 상사가 그를 귀가 조처하면서 휴가에서 이틀을 감했다고. 결국 그는 파출소에 가서 억울한 사정을 호소했고, 경찰은 그의 혈액에서 알코올이 전혀 검출되지 않자 상사에게 전화를 걸어 노동자의 사기를 꺾어놓은 잘못을 질타했다고. 그래서 그는 자신의 금주를 증명하고 흑백을 가려준 공문서를 찬미하며 기쁨에 들떠 오전 내내 술을 마셨다고…… 그는 내게 함께 건배하러 가자고 청했다. '그랜드 슬랄롬'*을 끝까지 해낼 수 있을지도 모르겠다면서. 하지만 나는 딱 한 번 그 관문을 죄다 통과한 적이 있긴 해도 보통은 실패하고 말았던 터라 그런 건 잊은 지 오래였다. 단 하나의 문도 기억하지 못하는 나를 위해 그 친구는 입에 침이 마르도록 코스를 낱낱이 설명해주었다. 첫 관문은 '블라호브카' 맥주홀, 그다음은 '작은 뿔', 그리고 '실낙원'에서 한잔 걸치면 다음 관문은 '밀러', 그리고 '방패'…… '야롤리메크'까지 버티려면 관문마다 고작 반 리터들이 맥주 한 컵씩만 마셔야 한다. 그러다 '라댜'에서 또 한 잔. '카렐 4세'에 살짝 들렀다 나오면 코앞에 셀프서비스 술집인 '세계'가 보인다. 그다음엔 느긋하게 '하우스만'의 문을 두드리고, 그곳을 나와 전찻길 건너편의 '선왕 바츨

---

* 알파인스키 경기 종목(활강down hill, 회전slalom, 대회전grand slalom) 가운데 하나. 표고차 400미터 사면에 30개가량의 관문을 코스로 설정해놓고 통과하는 경기다. 여기서는 술집 투어를 '그랜드 슬랄롬'에 비유했다.

라프'로 간다. 그러고 나면 '푸딜'이나 '크로프타'가 남지만 '도우다'나 '수성'으로 못 갈 것도 없다…… 종착지는 '팔모프카'일 수도 있고, 셀프 주점인 '숄러'가 될 수도 있다. 그래도 시간이 남으면 '호르키'나 로키차니 타운으로 가서 성공을 자축할 수도 있겠지…… 신바람이 난 친구는 이 모든 여정에 마침표를 찍으며 나를 붙잡고 늘어졌지만, 나는 그 친구를 '치셰크'에 남겨둔 채 물러나 카렐 광장의 공원 안으로 들어갔다. 여기저기 무더기로 피어 있는 한련화들이 사람들의 얼굴을 연상시켰다…… 일광욕을 하러 나온 사람들이 벤치를 바꾸어 앉으며 석양을 좇고 있었다. 카페 '검은 양조장'으로 되돌아온 나는 럼주를 시킨 다음 맥주를 주문했고 다시 럼주를 시켰다. 우리는 만신창이가 된 다음에야 최상의 자신을 찾을 수 있다. 어두운 하늘에서 나뭇가지 사이로 보이는 시청의 괘종시계가 네온 빛을 발했다. 어린 시절 나는 나중에 백만장자가 되어 모든 도시에 야광 바늘과 숫자가 달린 시계를 선사하겠다는 꿈을 꾸었다. 고문당한 책들이 사력을 다해 꾸러미를 터뜨리려고 몸부림치니 흐물흐물한 남자의 얼굴이 된다. 블타바 강의 바람이 카렐 광장까지 불어온다. 나는 이러고 있는 게 좋다. 저녁 시간에 레트나 대로를 걸어다니는 게 좋다. 공원 냄새, 싱그러운 풀과 나뭇잎 냄새가 강물에 실려와 이제 도로 위에 떠돈다. 나는 '부베니체크'로 들어가 자리를 잡고 맥주

한 잔을 시킨 뒤 멍하니 앉아 있다…… 2톤의 책이 잠든 내 머리를 위협하며 호시탐탐 나를 덮치려고 한다. 스스로 걸어놓은 다모클레스의 검이다. 나는 형편없는 성적표를 들고 집으로 돌아오는 아이다. 술잔 안의 거품이 도깨비불처럼 표면 위로 떠오른다.

홀 한구석에서 젊은이 셋이 기타를 치며 나지막이 노래를 흥얼댔다…… 살아 있는 모든 것은 반드시 적敵을 두기 마련이다. 영원한 구조가 지니는 멜랑콜리, 모범인 동시에 목표인 아름다운 헬레니즘, 인문고등학교, 대학의 인문학부…… 그러나 이 순간에도 프라하의 시궁창과 하수도에서는 두 쥐 종족이 처절한 전쟁을 치르고 있다. 무릎 부위가 닳은 내 오른쪽 바짓가랑이, 내 집시 여자들이 입은 터키옥색과 붉은색 치마, 꺾인 날개처럼 힘없는 내 두 손, 시골 푸줏간 갈고리에 걸린 짐승의 커다란 넓적다리. 하수도에 구정물 흐르는 소리가 들린다…… 문이 열리더니 한 거인이 들어왔고, 강의 온갖 내음도 따라 들어왔다. 미처 누가 손을 쓸 새도 없이 거인은 의자 하나를 움켜쥐고는 두 동강을 냈고 놀란 손님들을 구석 자리로 내몰았다. 노래를 부르던 세 청년이 겁에 질려 일어나 비를 맞고 선 한련화처럼 벽에 몸을 바싹 붙였다. 거인은 두 동강 난 의자를 곤봉처럼 휘두르면서 사람들을 위협하고 죽이려 했다. 그러다 웬일인지 갑자기 박자를 맞추며 조용히 노래를 흥얼댔다. "회색 비둘기야, 어디에 있었니?" 그렇다, 거인은 차분한 음성으로 노래를 했다. 노래를 마치고는 의자를 도로 내려놓고 종업원에게 값을 치렀다. 그리고 문지방에서 뒤돌아보며 아직 충격에서 깨어나지 못한 손님들에게 말했다. "여러분, 난 백정의 조수요……" 그러고는 꿈을 꾸는 듯한 불행한 표정으로 자리를 떴다. 어쩌면 그는 작년에 홀레쇼비체 도살장에서 나를 으슥한 구석으로 몰고 가 예리한 핀란드제 칼을 목에 들이댔던 남자인지도 몰랐다. 그때 남자는 호주머니에서 종이 한 장을 꺼내 르지차니의 아름다운 전원을 기리는 시를 읊었을 뿐이다…… 그런 다음에는 내게 사과를 했지. 사람들에게 자신의 작품을 읽힐 다른 방도를 찾을 수 없었던 거다…… 나는 맥주와 세 잔의 럼주 값을 치른 뒤 산들바람이 부는 거리로 다시 나섰다. 카렐 광장의 시청 괘종시계가 반짝이며 하릴없이 시간을 가리키고 있다. 서두를 이유가 전혀 없는 나는 이곳저곳을 떠돈다. 라자르스카 거리를 거슬러올라가 발길 닿는 대로 걷다가 골목길로 접어든다. 뒷문의 자물쇠를 열고 더듬더듬 스위치를 찾는다. 불을 켠다. 나는 내 지하실에 와 있다. 삼십오 년 동안 압축기로 내가 폐지를 압축해온 곳이다. 새로 들어온 폐지가 산더미처럼 쌓여 천장의 뚜껑문 밖으로 비어져나가 작업장 안마당까지 넘쳐난다. 태어나는 건 나오는 것이고 죽는 건 들어가는 것이라고 노자가 말한 이유는 뭘까? 밤의 흔들리는 빛과, 신학교 교육이 절실히 요구되는 이 작업. 이 두 가지를 떠올리면 어김없이 머릿속에 새로운 감탄이 차오른다. 생각하면 전율이 인다…… 폐지를 한아름씩 들어다 압축통을 채운 뒤 녹색 버튼을 힘껏 누른다. 머리 위에 펼쳐진 별이 총총한 하늘을 능가하는 무언가를 생쥐의 눈 깊은 곳에서 발견한다. 그 순간 내 어린 집시 여자가 선잠에 빠진 나를 찾아온다. 압축기가 악사의 손에 들린 아코디언처럼 몸을 비튼다. 나는 히에로니무스 보슈의 복제화 한 점을 내 상자에서 꺼내놓고, 성화들의 둥지 속에 숨어 있는 책들을 추려 마침내 한 페이지를 고른다. 프로이센 여왕 조피 샤를로테가 시녀에게 말하는 부분이다. "울지 말거라. 네 궁금증을 풀어주려고, 이제 나는 라이프니츠조차 가르쳐줄 수 없었던 그걸 보러 갈 테니까. 존재와 무의 극한까지 갈 것이다……" 압축기가 땡그랑거리고, 붉은색 신호에 압축판이 제자리로 돌아간다. 내 책이 손에서 떨어져내린다. 내벽에 기름칠을 해 녹기 직전의 얼음처럼 미끄러운 통을 가득 채운다…… 부브니의 거대한 기계는 내 압축기 열 대에 맞먹는 일을 해치운다. 사르트르와 카뮈가 그에 대해 멋진 글을 쓰고 있다. 반짝이는 책들의 장정이 내 마음을 사로잡는다. 푸른 작업복과 흰 무도화 차림의 노인이 사다리 발판을 딛고 서 있다. 난데없이 먼지구름 속에 파닥이는 날갯짓 소리가 들리는가 싶더니 린드버그가 대서양을 가로질러갔다. 나는 녹색 버튼의 작동을 중단하고 폐지가 가득한 압축통 속에 나를 위한 작은 은신처를 마련한다. 아무렴, 나는 여전히 쾌활한 사내다. 그런 내가 자랑스럽고, 한 점 부끄러움이 없다…… 욕조에 들어가는 세네카처럼 나는 한쪽 다리를 압축통에 넣고 잠시 기다린다. 다른 한쪽 다리도 마저 통 안으로 무겁게 떨어져내린다. 나는 똬리를 틀고 살핀 다음 무릎을 꿇은 자세로 녹색 버튼을 누르고 완충물인 책과 폐지 속에서 몸을 웅크린다. 한 손에 들린 나의 노발리스를 꽉 쥔다. 내가 좋아하는 글귀에 손가락이 올라가고, 입술엔 지복至福의 미소가 떠오른다. 나는 만차와 그녀의 천사를 닮기 시작했으니까…… 이제 완전한 미지의 세계로 진입한다. 책을, 책장을, 쥐고 있다…… 사랑받는 대상은 모두 지상의 천국 한복판에 있다, 라고 쓰여 있다…… 멜란트리호 인쇄소 지하실에서 백지를 꾸리느니 여기 내 지하실에서 종말을 맞기로 했다. 난 세네카요 소크라테스다. 내 승천은 이렇게 이루어진다. 압축통 벽에 눌려 내 다리와 턱이 들러붙고 그보다 더 끔찍한 일이 이어진다 해도 결단코 두 손 놓고 천국에서 추방당하지는 않을 것이다. 그 무엇도 나를 내 지하실에서 몰아낼 수 없을 것이다. 내가 자리를 바꾸게 할 수 없을 것이다. 책의 단면이 내 늑골을 뚫고 들어온다. 입에서 비명이 새어나온다. 궁극의 진리를 발견하기 위해 가혹한 고문을 겪는 것일까? 압축기의 중압에 내 몸이 아이들의 주머니칼처럼 둘로 접힌다…… 그 순간 내 집시 여자가 보인다. 끝내 이름을 알 수 없었던 어린 여자. '민둥산'이 선명하게 자태를 드러낸다. 우리는 가을 하늘에 연을 날린다. 그녀가 연줄을 쥐고 있다…… 저 위를 올려다보니 연이 비통한 내 얼굴을 하고 있다. 집시 여자가 밑에서 보내는 메시지 하나가 연줄을 타고 올라간다. 메시지가 불규칙적으로 흔들리며 전진해 마침내 나와 닿을 거리에 이른다. 나는 손을 내민다…… 어린아이가 쓴 듯한 큼직한 글씨가 쓰여 있다. 일론카. 그렇다, 이젠 분명히 알 수 있다. 그것이 그녀의 이름이었다.

옮긴이의 말

마침내 떠오른 이름, 연민

1960년대 공산주의 체제하의 체코 프라하가 배경인 『너무 시끄러운 고독』은 보후밀 흐라발(1914~1997)이 자전적인 영감에서 탄생한 소설이다. 흐라발은 42년 동안(1948~1990) 체코를 지배한 공산주의 체제의 감시 아래 글을 쓴, 삶이 몹시 파란만장했던 작가다. 그는 프라하의 카렐 대학에서 법학을 공부했지만 1939년 나치에 의해 대학이 폐쇄된 뒤에는 공증인, 서기, 창고업자, 전보 배달부, 전신 기사, 제강소 노동자, 철도원, 장난감 가게 점원, 보험사 직원, 약품상 대리인, 단역 연극배우, 폐지 꾸리는 인부 등등의 다양한 직업을 전전한다. 나중에 법학박사 학위를

옮긴이의 말 135

취득하긴 했어도 공산주의 체제 아래서 법조인으로 일한 적은 한 번도 없다. 1963년 첫 소설집 『바닥의 작은 진주』를 발표했는데, 1968년 소련의 체코 침공 이후로 그의 책들은 금서로 분류되어 그의 말년에 이르기까지 출판이 금지되었다. 그래도 흐라발은 끝까지 조국 체코를 떠나지 않고 체코어로 글을 썼는데, 그와 동시대를 산 체코 작가 밀란 쿤데라(1929~2023)가 프랑스로 망명해 프랑스어로 작품을 쓰기까지 했던 것과는 대조적이라 할 수 있다. 실제로 그가 전전한 직업을 보아도 짐작할 수 있듯이, 그는 글쓰기를 직업으로 삼았던 작가라기보다 살아 있기에 글을 썼던 사람이며, 그의 작품들은 작가 자신의 삶이 고스란히 녹아 있는 매혹적인 실존의 기록이다.

130쪽 분량의 짧은 소설인 『너무 시끄러운 고독』은 주인공 한탸의 일인칭 고백으로 이야기가 전개된다. 폐지 압축공인 한탸는 더럽고 끈적끈적한 지하실에서 자신이 사용하던 압축기와 맨손으로 겨루며 술에 젖어 사는 고독한 인간이다. 날마다 천장에서 온갖 종류의 폐지가 소장의 질책과 함께 쏟아져내린다. 그래도 한탸는 일의 속도에 박차를 가하기보다는 파괴될 운명인 종이 더미에서 찾아낸 것들의 매력에 끌려 필요한 책들을 추려서는 꾸러미를 만들고 아름다운 그림으로 장식한다. 그렇게 그는 자기 방식대로 일을 하면서 독서를 통해 "뜻하지 않게" 교양을 쌓는다. 한탸는 책을 읽으며 그 사상을 사탕처럼 빨아 흡수하는 사람이어서, 쥐들과 파리떼로 둘러싸인 더러운 환경과 소장의 욕설에도 불구하고 책을 읽을 수 있다는 것만으로도 행복하다. 어쩌면 한없이 단순한 인간이기도 한 그에게 책을 압축하는 행위는 일종의 미사와도 같다. 독서가 그를 소외된 노동으로부터 구해주고, 뿌연 취기 속에서 작가나 철학자의 형상이 떠올라 동반자가 되어준다. 그 사이사이 독자는 책들이 금방이라도 무너져내릴 것처럼 쌓여 있는 그의 아파트에 들어가볼 수 있고, 낡은 기관차가 돌아다니는 외삼촌의 정원으로 안내되거나 한탸와 함께 프라하 거리를 산책할 수도 있다. 그리고 그의 옛 여자친구인 만차와 나치에 희생당한 어린 집시 여자에 대한 이야기도 듣게 된다.

그러나 이 세계는 평화로운 일상의 세계가 아님을 일 수 있다. 바깥세상은 전쟁과 폭력이 만연해 있다. 제2차세계대전 동안 그의 작업장에는 프로이센 왕실 도서관의 근사한 장서가 도착하고, 전쟁이 끝난 뒤에는 나치 문학뿐 아니라 사회주의 논리에 반하는 금서들이 파괴된다. 그 와중에도 한탸는 어떤 단어나 문장의 아름다움에 끌려, 야만적인 사회에서 삶이 불러일으키는 공포에 담담히 맞선다. 그러나 한탸가 부브니의 거대한 압축기를 대면하는 순간, 이야기는 전환점을 맞는다. 한탸는 현대적 시설을 갖춘 폐지 처리장을 방문해, 거기서 거대한 새 기계와 비인간적인 컨베이어 작업을 목격한다. 여행과 여가 활동을 꿈꾸는, 유니폼을 입은 쾌활한 노동자들에게서 그는 규격화된 개인주의적 문명의 타락상을 본다. 결국 한탸는 현대화된 작업 방식에 밀려나 잉크와 얼룩을 버리고 새로운 작업장에서 백지를 꾸려야 하는 처지에 놓인다. 이제까지는 일을 사랑함으로써 불가피한 파괴 작업에 나름대로 저항해왔지만 더는 자신의 세계에 머물러 있을 수 없게 된다. 마침내 그는 책들과 운명을 함께하기로 마음먹고 자신의 압축기 속으로 들어간다.

『너무 시끄러운 고독』은 무엇보다 책을 고독의 피신처로 삼는 주인공 한탸의 독백을 통한, 책에 바치는 오마주다. 화자인 한탸는 책이 있기에 살 수 있는 사람이며, 그가 혼자인 건 생각들로 가득한 고독 속에 살기 위해서다. 압축된 책 더미는 그의 손을 거치면서 근사한 꾸러미가 되고 그의 흔적을 지니게 된다. 그는 자신의 일을 좋아해서 은퇴한 후에도 자신이 사용하던 압축기를 사들여 계속 그 일을 하리라 꿈꾼다. 지하실에 감금된 몽상가이자 정신적인 인간인 한탸는 자신이 숭배하는 대상을 파괴하는 일로 먹고사는 모순된 상황에 처해 있으면서도 아름다움을 구하기 위해 필사적으로 노력한다. 이렇게 그는 부조리와 겨루며 죄

의식을 느끼지만 결코 자신의 처지를 한탄하지는 않으며 스스로를 지킬 줄도 안다. 그렇더라도 한탸의 입에서 나오는 비통한 독백은 전체주의 사회의 공격에 맞선 저항의 외침으로 들린다. 한탸는 책을 구해내면서 인간의 정신과 문화를 구하려 하지만, 효율적이고 균일화된 세계를 상징하는 젊은 세대에 직면해 이 문화의 불가피한 종말을 목격하게 되기 때문이다. 그렇기에 『너무 시끄러운 고독』은 무분별한 발전으로 인해 오히려 퇴보하는, 노예화되고 우둔해진 사회에 대한 정치적이며 철학적인 우화로도 읽힐 수 있다.

그렇다고 해서 『너무 시끄러운 고독』이 그 시대의 사회상을 대놓고 비판하는 것은 아니다. 오히려 이 작품은 한 세계의 종말을 목격하는 늙은 노동자의 긴 명상에 가까우며, 책이 그저 종이쪼가리로 취급받게 된 냉혹한 사회에서 살아가는 화자의 정신 상태를 섬세한 문체로 그려내고 있다. 전진과 후진을 반복하는 압축기의 리듬을 타고, 한탸의 사소한 일상사는 시적이고도 숭고한 아름다움을 발산한다. 그의 사고는 때로 취기와 환각에 빠진 것처럼 보이지만 시종일관 명징함을 잃지 않아서, 우리로 하여금 무리가 아닌 개인에 대해 생각하고 꿈꾸게 만든다. 그리고 무엇보다 '사라져가는 것들'에 대해 일깨워준다. 그처럼 이 작품에는 사랑하는 대상의 죽음(어머니, 외삼촌, 집시 여자 그리고 책……)을 목격해야 하는 인간의 운명이 그려져 있다. 압축기 속에서 책이 압축되어 사라지듯 모든 것이 소멸하지만, 화자는 그 슬픔을 눈 하나 깜짝하지 않고 직시한다. 이처럼 비장미가 감도는 소설의 긴장된 상황은 희비극적이고 익살스러운 장치들에 힘입어 절망의 확산을 차단하는데, 두 번이나 시야에서 사라지는 젊은 시절의 사랑 만차의 에피소드 역시 그런 맥락에서 읽을 수 있다. 평생 책을 혐오했던 그녀가 마지막에 이르러 똥의 오욕을 말끔히 벗어던지고 자신의 집을 완성하며 영원을 향한 갈망을 실현하는 대목은(그렇게 해서 한탸의 실패가 한층 부각되는데) 이 작품에 내재된 아이러니한 소격화疏隔化라 할 수도 있을 것이다.

그렇다면 인간의 정신성과 인간다움은 한탸와 함께 끝나게 되는 것일까? 만사가 무의미를 드러내는 이 암울하고 비극적인 이야기에서 역설적인 따스함과 평화의 숨결이 전해지는 이유는 뭘까? 세상의 축소판인 압축기가 모든 것을 집어삼키고 짓이겨놓을 때도 그 안에서 궁극적으로 최상의 것이 탄생하리라는 믿음은 여전히 살아 있다. 그리고 마지막 순간, 한때의 불꽃이었고 사랑이었던 여자의 이름, 기억 속에 묻혀 있던 이름이 계시처럼 떠오른다.

이처럼 『너무 시끄러운 고독』을 읽노라면 문학의 마술적인 힘에 휩쓸려 들어가는 경험을 하게 된다. 반복해서 등장하는 첫 문장이 작품 전체의 색조를 암시하며, 라이트모티프처럼 되풀이되는 문장들은 주문을 외우는 것 같은 효과를 자아낸다. 정치적이며 역사적인 담론을 포함해 존재론적인 물음이 담긴 이 책은 야만에 직면한 인간성에 대한 숭고한 확신으로 우리의 마음을 사로잡는다. 그렇더라도 이 작품을 규정하는 키워드가 있다면 자유나 저항 같은 거창한 단어보다 '연민'이라는 단어가 떠오르는 건 왜일까? 도처에 허무가 널려 있어도 삶은 자체의 생명력으로 우리의 마음을 사로잡으며 불가항력적이면서 매력적인 것임을 흐라발은 우리에게 일깨워준다. 일상의 삶이 신성화되어 예배의 노래 같기도 한, 짧지만 강렬한 이 책을 읽노라면 책을 관통하는 한 줄기 바람, 성령이기도 한 숨결에 단숨에 실려가는 느낌이 든다. 『너무 시끄러운 고독』을 두고 흐라발 자신은 자신의 삶과 작품 전체를 상징하는, 그가 쓴 책들 가운데 가장 사랑하는 책이라고 고백했다. 그가 세상에 온 건 『너무 시끄러운 고독』을 쓰기 위해서였다고.

1977년 프라하에서 지하 출판samisdat으로 유통되었던 이 작품은 1980년 독일에서 출판되었고, 체코에서는 1989년에 이르러서야 공식적으로 출간되었다. 본 역서는 막스 켈러Max Keller가 번역한 프랑스어 판(1983년 로베르라퐁 사 출간)을 대본으로 사용했는데, 이 대본에서 프랑스식으로 변형된 인명과 지명은 되도록 체코어 원본대로 돌려놓았다.

2016년 여름

이창실

지은이 보후밀 흐라발
1914년 체코의 브르노에서 태어났고, 프라하 카렐대학교에서 법학을 전공했다. 젊은 시절 시를 쓰기도 했으나 독일군에 의해 대학이 폐쇄되자 학교를 떠나 철도원, 보험사 직원, 제철소 잡역부 등 다양한 직업을 전전했다. 마흔아홉 살이 되던 해, 뒤늦게 소설을 쓰기로 결심하고 1963년 첫 소설집 『바닥의 작은 진주』를 출간하며 작가로 데뷔, 이듬해 발표한 첫 장편소설 『엄중히 감시받는 열차』로 국제적 명성을 얻었다. 주요 작품으로 『영국 왕을 모셨지』『시간이 멈춘 작은 마을』『너무 시끄러운 고독』 등이 있다.

옮긴이 이창실
이화여자대학교 영어영문학과를 졸업하고, 프랑스 스트라스부르대학교 응용언어학 과정을 이수한 뒤, 이화여자대학교 통번역대학원 한불과를 졸업했다. 이스마일 카다레의 『돌의 연대기』『죽은 군대의 장군』『누가 후계자를 죽였는가』『광기의 풍토』를 비롯하여, 『숨겨진 삶』『마그누스』『세 여인』『글렌 굴드, 피아노 솔로』『프란츠 카프카의 고독』『누보 로망, 누보 시네마』『키에르케고르』『아시시의 프란체스코』『빈센트 반 고흐』 등을 우리말로 옮겼다.

문학동네 세계문학
너무 시끄러운 고독

1판 1쇄 2016년 7월 8일 | 1판 42쇄 2025년 11월 15일

지은이 보후밀 흐라발 | 옮긴이 이창실
책임편집 김영수 | 편집 신선영 오동규
디자인 엄자영 최미영 | 저작권 박지영 형소진 주은수 오서영 조경은
마케팅 정민호 서지화 한민아 이민경 왕지경 정유진 정경주 김혜원 김예진 이서진
브랜딩 함유지 박민재 이송이 박다솔 조다현 김하연 이준희
제작 강신은 김동욱 이순호 | 제작처 한영문화사(인쇄) 경일제책사(제본)

펴낸곳 (주)문학동네 | 펴낸이 김소영
출판등록 1993년 10월 22일 제2003-000045호
주소 10881 경기도 파주시 회동길 210
전자우편 editor@munhak.com | 대표전화 031) 955-8888 | 팩스 031) 955-8855
문학동네카페 http://cafe.naver.com/mhdn
인스타그램 @munhakdongne | 트위터 @munhakdongne
북클럽문학동네 http://bookclubmunhak.com

ISBN 978-89-546-4154-8 03890

잘못된 책은 구입하신 서점에서 교환해드립니다.
기타 교환 문의 031) 955-2661, 3580

www.munhak.com